L'ENFANT DE L'ABSENTE

T. Jonquet – J. Tardi
J. Testart

L'ENFANT DE L'ABSENTE

RÉCIT

Préface de Thierry Jonquet
Postface de Jacques Testart

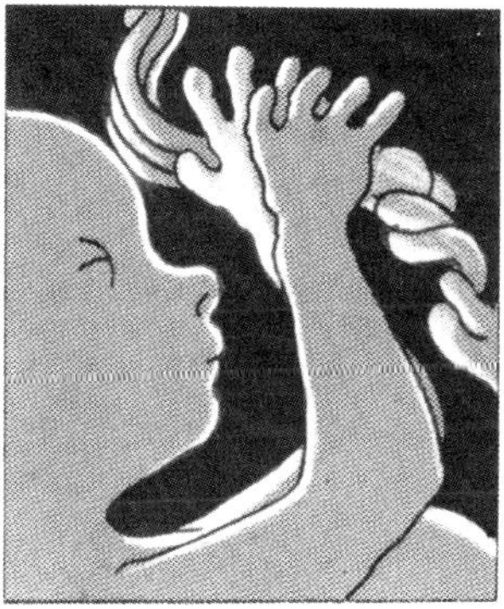

Éditions du Seuil

La première édition de cet ouvrage a été publiée dans
la collection « La Dérivée »

TEXTE INTÉGRAL

ISBN 2-02-036430-1
(ISBN 2-02-020438-X, 1re publication)

PRÉFACE
DE THIERRY JONQUET

Science… fiction ?

J'ai écrit cette longue nouvelle *L'Enfant de l'absente* au cours de l'année 1993. Le projet de la collection « La dérivée » était de faire se rencontrer auteurs de fiction et scientifiques pour écrire non pas de la « science-fiction » mais de la fiction autour de thèmes scientifiques. En d'autres termes, de fouiller, grâce aux armes du romanesque, des hypothèses scientifiques, voire, pourquoi pas, de réfléchir, par le biais de personnages purement inventés, imaginés, à des questions – n'ayons pas peur des mots – épistémologiques…

Quelques années auparavant, je m'étais vivement intéressé à ce qu'il est convenu d'appeler un « fait divers » qui avait trait à la procréation médicalement assistée. L'histoire était simple. La presse parlait fréquemment des « mères porteuses ». Une future maman, qui ne pouvait porter son propre enfant, était à la recherche de l'une d'elles. N'en ayant pas trouvé, c'est vers sa propre mère qu'elle s'était tournée. La grand-mère avait « porté » sa petite-fille. Et l'enfant était née. Si bien que sa mère était sa grand-mère, autant que sa mère était sa sœur. Difficile à concevoir, mais imparable. J'avais commencé à réfléchir à une société future où des milliers d'enfants naîtraient ainsi, dans des circonstances aussi hasardeuses, aussi imprévisibles, avec comme postulat de départ que de tels êtres auraient une vision, une approche de la « famille », des liens de parenté et, partant, de la vie en société radicalement différente des nôtres. Mais je ne suis pas un auteur de science-fiction. J'ai séché devant ma copie. Et puis, ouvrant mon journal du soir, je suis tombé sur un autre fait divers, tout aussi surprenant. En Allemagne, une jeune femme renversée par un autobus avait eu la nuque fracassée contre une bordure de trottoir. A son arrivée à l'hôpital, le verdict était définitif, l'électroencéphalogramme était désespérement plat. Elle était cérébralement morte. Mais enceinte de quatre mois. Et aussitôt l'équipe médicale s'était démenée pour la placer sous assistance respiratoire, pour la nourrir par sonde gastrique, afin de poursuivre la grossesse, de tenter de la mener jusqu'à son terme. Ou, tout du moins, jusqu'à un terme de grande prématurité, mais viable.

L'idée, romanesque, était là. On avait transformé un corps humain, celui d'une femme virtuellement décédée en ce sens qu'elle ne se réveillerait jamais de son coma, en ce qu'il faut bien appeler une « machine biologique », un outil à reproduire. Une sorte d'utérus, « sans âme », et pour cause, qui pouvait, pourquoi pas, servir encore, servir à l'infini d'incubateur pour d'autres embryons. Ce n'était pas de la science-fiction, c'était la réalité, celle que l'on pouvait lire dans le journal. Il ne restait plus qu'à écrire, à inventer des péripéties, à « fictionner » autour de ce thème profondément troublant. Le premier titre pressenti pour le roman était « La mère-machine », ce qui résumait fort bien le propos.

Dans la réalité, les médecins allemands ont dû débrancher leur appareillage, après un avortement spontané survenu quelques jours après le début de « l'expérience ».

Comme si l'utérus s'était révolté contre la mission qu'on lui avait assignée, comme s'il avait réclamé un « supplément d'âme » pour satisfaire ses commanditaires. Entre le moment de l'écriture et la publication du roman, un deuxième cas analogue s'est produit aux États-Unis. Une femme enceinte avait reçu une balle perdue dans la tête. Scénario identique, et cette fois « ça » avait marché. Le bébé était né. Un bébé né d'une mère-machine. Le roman avait pris quelques cheveux blancs. Deux ans plus tard, un nouvel entrefilet glané à la lecture des journaux nous apprenait que dans le Nord de la France, une jeune femme, comateuse depuis des mois et des mois, irrémédiablement condamnée mais maintenue à l'état de vie végétative, avait été retrouvée enceinte... La culpabilité incombait à un membre du personnel soignant. Cerise sur le gâteau, les parents de la jeune femme, catholiques intégristes et à ce titre farouchement opposés à tout avortement, avaient insisté pour que rien ne soit tenté en ce sens. Un bébé allait donc se développer dans le corps d'une « mère-machine » et, cette fois, du premier au dernier jour de la grossesse. A ma connaissance, la presse n'en a plus jamais rien révélé.

Mère-machine, utérus à tout faire, à tout tenter, y compris le pire : le clonage, c'était la conclusion de *l'Enfant de l'absente*. Une conclusion toute romanesque. En 1993, le clonage appartenait encore à la science-fiction. Plus pour très longtemps. Chacun se souvient d'avoir ressenti un petit frisson en contemplant les images de la brebis Dolly. Une brebis, pas un être humain. Nous pourrions nous replonger dans les articles parus à l'époque, articles dans lesquels quantité d'experts, tous fort savants, nous promettaient que le clonage humain appartenait encore à la

… science-fiction, pour des raisons techniques, tout d'abord, et pour des raisons éthiques, ensuite. Evidemment. Le pas à franchir supposait de bouleverser de tels tabous, de telles résistances. Décidément, « ça n'était pas pour demain ».

Le 13 octobre 1998, la presse informait d'un nouveau pas, décisif, dans l'instrumentalisation du génome humain. Des biologistes américains avaient transféré le noyau d'un ovocyte d'une femme stérile dans celui d'une donneuse fertile, avant une fécondation *in vitro* suivie d'une réimplantation dans l'utérus de la première. Ils abordaient ainsi, selon *Le Monde*, la dernière étape précédant la mise en œuvre du clonage chez l'homme. Et, à court terme, de sa banalisation. La presse, toujours elle, rapporte que de nombreux candidats au clonage se sont fait connaître aux États-Unis, et que les équipes médicales y travaillent d'arrache-pied. Fantasme fou de l'autoreproduction à l'infini, promesse de banques d'organes en réserve, et automatiquement compatibles puisque provenant de la même origine, tous les arguments sont bons pour justifier de telles pratiques.

Il faut se rendre à l'évidence, ce n'est plus qu'une question de temps. Tout ce qui est techniquement possible sera tenté. Tout simplement parce qu'il existe un « marché » et que son chant des sirènes saura séduire les moins scrupuleux, ou les plus intrépides des scientifiques concernés. L'éditorialiste du *Monde* en restait les bras ballants. « Comment a-t-on pu, en si peu de temps, arriver à cette situation ? Comment, en dépit de l'opposition officielle de toutes les institutions internationales, des scientifiques, persuadés d'œuvrer pour le bien de l'humanité, peuvent-ils avancer sur la voie du “bouturage humain”, vers la dissociation définitive entre reproduction et sexualité ? Désormais, rien ne semble devoir arrêter les apprentis sorciers de la science ! » concluait-il d'une plume que l'on devine angoissée.

Et la machine s'emballe. Un nombre croissant de scientifiques font valoir que pour mieux répondre à la demande d'organes, il serait parfaitement justifiable de fabriquer des humains sans cerveau ! Des monstres, des amas d'organes sur lesquels le scalpel pourrait trancher, à vif, sans le moindre scrupule. De la viande. Hypothèse farfelue ? C'est à voir. La revue *Nature* a publié les travaux de chercheurs qui ont déjà « produit » une souris, sans tête, de ce type.

Des mutants, des semi-humains transformés en banque d'organes, l'idée n'est pas si nouvelle. En 1974, un psychiatre américain, W. Gaylin, suggérait déjà « la création de banques de “néo-morts”, c'est-à-dire d'individus en état végétatif chronique, inqualifiables sur le plan anthropologique, et disponibles des années pour les prélèvements d'organes. Ils seraient artificiellement maintenus en vie dans une ferme d'un nouveau genre : le bioemporium. Les étudiants s'entraîneraient sur eux pour des greffes de toutes sortes ». Le pauvre Gaylin est renvoyé à ses rêveries macabres. Tout récemment, une autre équipe américaine est parvenue à isoler les « cellules souches » de l'embryon, celles qui possèdent tout le potentiel futur de l'être humain. Les implications thérapeutiques sont prometteuses. « C'est une course à la mère de toutes les cellules, capable de donner naissance aux myriades de types cellulaires de l'organisme. Si l'on pouvait capturer cette mystérieuse créature pour la développer en laboratoire, la médecine en serait bouleversée. Il deviendrait possible de fabriquer à volonté des tissus humains de remplacement. »

Force est de constater qu'au-delà de telles promesses, c'est bien la maîtrise de sa propre évolution qui se pose à l'espèce humaine. Avec toutes les dérives potentielles que l'on peut redouter. Un eugénisme massif, un diktat porté par les spécialistes sur le développement de millions d'individus dont la « science » pourrait bien décréter qu'à terme ils sont indésirables pour la pureté… de l'espèce.

*

Le corps humain réduit à l'état de machine dont on pourrait, à l'infini, échanger, combiner les pièces, à l'échelon micro- ou macroscopique. Éliminer les impuretés, le travailler comme n'importe quel matériau. Une machine ? Eh bien, justement, la voilà, la machine, la vraie, qui se rappelle judicieusement à notre bon souvenir. En août 1998, le cybernéticien anglais Kevin Warwick a porté durant dix jours, sous la peau, à la pliure du coude, une puce informatique. Reliée à des ordinateurs, elle commandait automatiquement l'ouverture des portes de l'appartement, le réglage du chauffage et autres babioles. Les applications potentielles donnent le vertige. Avec un tel « outil », le contrôle social pourrait se trouver considérablement renforcé. Adieu les badges à l'entrée des sites sensibles et, pourquoi pas, adieu les digicodes à l'entrée des immeubles, dès lors que chaque individu serait porteur d'un tel marqueur capable d'ouvrir ou non les sésames placés sur son chemin. Big Brother a pénétré à l'intérieur de la chair. Les financiers ont aussitôt compris l'intérêt du projet et, supputant ses immenses débouchés commerciaux, ils ont alloué au département de cybernétique de l'université de Reading, où sévit Warwick, une vingtaine de millions de francs. Ce n'est sans doute qu'un début.

Mais il y a mieux encore.

Le biophysicien allemand Peter Fromherz s'est rendu célèbre pour ses travaux concernant les liaisons entre des cellules nerveuses vivantes et des tranches de silicium. Ces dernières contiennent des transistors qui détectent l'activité de cellules nerveuses de sangsues et de rats. A l'inverse, des « points de stimulation » permettent d'obtenir une excitation des neurones *via* le silicium utilisé alors comme un condensateur... Des sangsues, des rats ? Vous n'y êtes pas, c'est déjà de l'histoire ancienne ! Roy Bakay, chercheur à l'université Emory d'Atlanta, a entrepris de relier à un ordinateur les neurones de personnes totalement paralysées afin de leur permettre de communiquer à nouveau. L'intention est louable. Et le procédé, révolutionnaire ! Avec leurs électrodes implantées dans le cortex, les paralytiques parviennent à faire prononcer des phrases de leur choix à la voix synthétique de la machine à laquelle ils sont reliés. Le dispositif est constitué d'un implant composé de cônes de verre creux, préalablement enduits de substances neurotrophiques qui ont la faculté de contrôler la physiologie des cellules nerveuses et de favoriser leur croissance. Pendant plusieurs mois, *les neurones du cortex se développent à l'intérieur des cônes où ils se lient à de microscopiques électrodes.* Je souligne la phrase pour éviter de la répéter. Les préoccupations thérapeutiques, si charitables, de Roy Bakay vont sans nul doute stimuler l'imagination d'autres chercheurs... L'osmose, on ne sait comment dire – la fusion ? l'union ? le mariage ? – entre le cerveau humain et l'ordinateur pourra donner lieu à de tout autres applications, bien plus inquiétantes. Songeons aux chevauchées poussives et pétaradantes des premières automobiles équipées de moteurs à explosion, et comparons-les aux performances actuelles des bolides de formule 1. Tout est affaire de temps...

*

Nous lisons tout cela, dans la presse, tantôt abasourdis, tantôt émerveillés. Et toujours impuissants. La tenaille a commencé à se refermer. D'un côté, le démontage du corps, jusqu'à une échelle microscopique, de l'autre, l'intrusion de la machine dans ce même corps. Dans ces conditions, que reste-t-il de ce corps ? Comment continuons-nous à le percevoir ? Ne risquons-nous pas de perdre, insidieusement, l'estime et le respect que nous portions jusqu'alors à ce vieux compagnon des bons et des mauvais jours ? N'acceptons-nous pas, par avance, qu'il soit réduit à n'être qu'un objet destiné à subir toutes les manipulations ?

Dans l'inconscient collectif, la mutation est déjà à l'œuvre. Est-ce un effet de ma paranoïa, ou suis-je autorisé, modeste romancier, à en détecter quelques signes ? Je citerai deux exemples en guise de conclusion :

– Un artiste allemand, Gunther von Hagens, a récemment « inventé » un procédé de conservation des cadavres à base de résines, qu'il nomme lui-même « plastination ». Après quoi, il les sculpte, les découpe, et les expose dans des galeries. Sept cent mille visiteurs se sont précipités à Mannheim pour voir ses travaux. Sept cent mille spectateurs d'une exhibition qu'il faut bien qualifier d'obscène. Et on annonce une tournée européenne !

– Il suffit de se promener dans la rue pour croiser des jeunes gens adeptes du « piercing ». Ces pratiques n'ont rien de nouveau et renvoient à la plus haute Antiquité. Ce n'est certes pas d'hier que nos congénères se sont marqués à coups de scarifications ou ont infligé à leurs compagnes de cruelles blessures. Petits pieds des Chinoises ou « négresses à plateau », les exemples sont légion. Mais il y a quelque chose de nouveau, dans l'air du temps, comme on dit : la pose d'implants métalliques, parfois de grandes dimensions, sous la peau, à cette seule fin de modifier la morphologie, de sculpter le corps vivant de l'intérieur… gratuitement. Pour la simple « beauté » du geste. Bijoux en Teflon ou en titane glissés sous l'épiderme, billes sous la peau de la verge, crête attachée à la boîte crânienne, cylindre entre les deux seins... quoi d'autre encore ? L'imagination est au pouvoir. Interrogé par la presse, un professionnel de ce piercing « interne » déclarait récemment : « On rêve tous de l'homme-machine, le Cyborg. Peu à peu, on passera des mutations esthétiques à des implants fonctionnels. Et la machine s'intégrera en nous. ».

A relire, cinq ans après sa première publication, *L'Enfant de l'absente*, je ne peux que méditer sur le texte de présentation, sur en quelque sorte le manifeste de la collection qui figurait en exergue de l'ouvrage. « Qu'est-ce que la science aujourd'hui, sinon le grand récit qui fonde les images, les mythes et les projets du monde moderne ? (...) chacun doit pouvoir, à l'instar des chercheurs, jouir du savoir, en rêver et, peut-être, s'en saisir et le transformer. »

En rêver ? Je ne sais pas. Mais s'en saisir, assurément. C'est notre affaire, à tous. Réellement.

20 novembre 1998

LES PORTES coulissantes qui s'ouvraient à chaque arrêt laissaient pénétrer des rafales de vent à l'intérieur de l'autobus.

Transis, soumis à la morsure de ce courant d'air, les voyageurs déjà assis sur les banquettes exhortaient les nouveaux venus à ne pas s'attarder sur les marchepieds. Il neigeait, et la chaussée était couverte d'une épaisse couche grisâtre que les employés de la voirie raclaient à l'aide de grandes pelles. Le ciel, obscurci de nuages noirs, ne cessait de déverser son flot cotonneux sur la ville depuis plus de trois jours. La météo promettait avec un bel entrain le rétablissement de l'anticyclone des Açores, mais celui-ci ne semblait guère pressé d'obtempérer. À Villeneuve et sur toute la région, on n'avait pas connu pareil hiver depuis 1956. Noël 93 ferait date dans les mémoires ! Une bétonnière avait dérapé en travers du boulevard Jean-Jaurès, emboutissant au passage un plot de signalisation planté au milieu de la chaussée, provoquant par là même un embouteillage. L'autobus dut s'arrêter au croisement avec la rue Anatole-France, juste devant la façade des Nouvelles Galeries, où des pères Noël vêtus de pèlerines défraîchies et armés de Polaroid arpentaient le trottoir pour proposer aux mères de famille une photographie en compagnie de leurs enfants.

« Plus qu'un tour ! » songea le conducteur du bus en évoquant la tiédeur des draps qui l'attendaient chez lui.

Plus qu'un tour, oui. Il finirait son service à 19 h 30. Le circuit de sa ligne reliait la gare au port, en passant par le centre-ville, et retour. D'ordinaire, il garait son engin au dépôt dès 18 h 45, mais l'épidémie de grippe avait envoyé certains machinistes au tapis, si bien que le contremaître qui organisait les semaines de travail avait dû haranguer les bien-portants pour qu'ils consentent à effectuer une heure supplémentaire chacun…

JOYEUX NOEL

L'INSPECTEUR VEYRIER avait terminé son service au commissariat une heure plus tôt et s'était rendu aux Nouvelles Galeries pour acheter les cadeaux de Noël pour ses enfants. Encombré de paquets, il sortit du magasin et longea le trottoir pour rejoindre sa voiture garée deux rues plus loin ; il aperçut la bétonnière dont les roues patinaient sur le macadam en soulevant des plaques de boue et haussa les épaules, irrité de constater que, en dépit des nombreux rapports rédigés par ses collègues qui s'occupaient de la voie publique, rien n'avait été fait pour modifier l'aménagement de ce carrefour, un des goulets d'étranglement du centre-ville. À cet instant, une jeune femme noire qui sortait des Nouvelles Galeries, sanglée dans un manteau masculin bien trop grand pour elle, bouscula Veyrier et s'élança pour traverser la chaussée. Elle se mit à zigzaguer entre les voitures, à toute allure, en se couvrant la tête d'un journal plié en quatre et dégoulinant de neige fondue. Veyrier, agacé de se trouver bloqué au milieu de la cohue, étouffa un juron et la suivit des yeux. Soudain, la bétonnière fit un bond en avant. Le chauffeur du bus, qui s'était mis à rêvasser, tressaillit en réalisant que la voie était enfin libre et appuya sur la pédale de l'accélérateur. À l'arrière, personne ne sut ce qui se passait : sitôt après avoir démarré, le bus s'était de nouveau cabré pour s'immobiliser avec une violence telle qu'un voyageur s'étala de tout son long entre les banquettes. Les passagers qui se trouvaient à l'avant du véhicule comprirent bien vite la raison de ce nouvel arrêt. Un corps gisait sur le macadam boueux, juste devant les roues. Celui d'une jeune femme noire, affublée d'un curieux manteau. Incrédule, le chauffeur écarquillait les yeux. Ses ennuis ne faisaient que commencer.

L'INSPECTEUR VEYRIER, désemparé, fixait le visage de la jeune femme noire allongée sur le bitume. Un visage anguleux mais non dépourvu de grâce, aux pommettes saillantes, aux lèvres charnues, et dont les joues portaient des traces de scarifications, deux petites barres qui s'incurvaient des tempes jusqu'aux commissures des lèvres. Avant de se précipiter à son secours, il l'avait vue heurter de plein fouet l'autobus et tomber à la renverse.

Sortant enfin de son hébétude, il dénoua le foulard que portait l'accidentée, posa son index sur la jugulaire et sentit battre un pouls rapide. Des badauds, agglutinés autour de l'autobus, formaient un cercle compact. Les mains dans les poches, ils contemplaient cet homme au visage poupin, auréolé d'un collier de barbe blonde et emmitouflé dans un duffle-coat, qui s'était cru autorisé à prendre l'initiative d'examiner la blessée. Très bizarrement, sa position agenouillée auprès de la

jeune femme, le simple fait qu'il était accouru le premier conféraient à Veyrier une sorte d'autorité que nul ne contestait. Des conseils, plus farfelus les uns que les autres, fusèrent de toutes parts : « Il faut la relever ! Frictionnez-la avec de la neige ! Donnez-lui à boire ! » Veyrier vit même un sexagénaire pointer le bout de sa canne dans sa direction d'un air mauvais.

– Mais ne restez pas les bras ballants, nom de Dieu ! Faites quelque chose ! s'écria-t-il.

L'inspecteur ignora ces injonctions et brandit sa carte barrée de tricolore. Les badauds s'écartèrent. Le conducteur de l'autobus avait quitté la cabine et s'était lui aussi accroupi.

– Elle est pas morte, hein ? demanda-t-il d'une voix sourde. Elle saigne même pas !

Veyrier secoua la tête, dans un geste rassurant. Il revit comme dans un film projeté au ralenti la jeune femme s'élancer sur la chaussée, jaillir devant le bus, trébucher et déraper. Son front avait percuté la calandre de plein fouet ; sous la violence du choc, elle avait décollé du sol pour basculer vers l'arrière. Sa nuque avait heurté le macadam et rebondi à deux ou trois reprises, comme une vulgaire balle de Celluloïd sur une table de ping-pong. C'était déjà un miracle qu'elle ne soit pas passée sous les roues…

Veyrier entendit alors des coups de sifflet, ceux d'un flic en tenue qui approchait en se faufilant parmi les voitures, de nouveau immobilisées. L'homme était essoufflé, et son haleine projetait des nuages dans l'air glacé, saturé de vapeurs de gasoil. Il pâlit en découvrant le corps, reconnut Veyrier et saisit aussitôt le talkie-walkie qu'il portait à la ceinture, pour appeler le Samu.

Veyrier poursuivit ses investigations. Le secourisme n'était pas son fort, mais ce n'était pas la première fois qu'il se trouvait dans une telle situation.

Il constata qu'il n'y avait pas de trace de sang, puis vérifia l'état des yeux. Les phares du bus, toujours allumés, projetaient un halo de lumière jaunâtre sur le visage de la jeune femme. Veyrier souleva les paupières. Mydriase. Il se souvint du terme, qui décrivait une dilatation pathologique de la pupille. C'était plutôt mauvais signe. Il retroussa le gros pull que l'accidentée portait à même la peau, dégrafa l'attache de son jean, palpa prudemment le thorax, puis l'abdomen. Il lui sembla qu'il était bien rebondi, au-dessus du pubis. Cela aussi, c'était mauvais signe. Un début d'hémorragie interne, peut-être ? Veyrier se souvenait d'avoir vu la jeune femme lancer ses mains en avant, dans l'espoir de se protéger. En vain. Ses avant-bras s'étaient fléchis et son front avait encaissé le choc ; cela avait été son seul contact avec la carrosserie de l'autobus. Veyrier aurait pu jurer qu'il en avait bien été ainsi.

C'était comme un flash, un éclair qui, dans sa tête, illuminait encore l'avenue plongée dans la pénombre. Les mains de la jeune femme percutant la calandre crasseuse du bus, la chute, le rebond du corps sur la chaussée. Rien d'autre. Alors, pourquoi ce renflement suspect, au-dessus du pubis ? Le conducteur de l'autobus le regardait faire, les mains tremblantes et la goutte au nez, sans songer à se moucher.

– Je l'ai pas vue, bredouilla-t-il. J'ai pas pu l'éviter, vous êtes témoin, hein ? Elle a débouché comme une folle juste au moment où je démarrais !

– Mais oui, mais oui, mon vieux, rétorqua Veyrier, soudain excédé par ces pleurnicheries.

À cet instant, une sirène puissante retentit tout près d'eux. Une camionnette blanche tentait de se faufiler dans le magma de voitures et de camions qui s'étendait sur toute l'avenue. Avant que les médecins ne parviennent sur les lieux, Veyrier eut encore le temps de compléter son examen. La chevelure de la jeune femme, très abondante et tressée de nombreuses petites nattes à la mode africaine, couvrait la nuque et s'étalait en corolle sur le bitume détrempé. Il la souleva délicatement et palpa la région occipitale. Ses doigts rencontrèrent une grosse bosse. Sa main se rétracta aussitôt, involontairement. Ce geste n'échappa pas au conducteur du bus.

– Vous témoignerez, hein ? gémit-il. C'est la faute au contremaître, tout ça. Je lui avais pourtant dit que j'étais crevé ! Je voulais pas les faire, moi, ces heures sup !

Il continua de se lamenter, mais Veyrier ne l'écoutait plus. L'équipe du Samu s'activait déjà autour du corps, qui fut hissé à l'intérieur de la camionnette après qu'on l'eut corseté dans une coquille gonflable. Tandis que la camionnette démarrait, faisant mugir sa sirène, un car de Police-Secours se fraya à son tour un chemin parmi les voitures bloquées alentour, qui s'écartaient tant bien que mal pour céder la place. Sitôt mis au courant par le premier flic arrivé sur les lieux, un brigadier moustachu salua Veyrier et agrippa le bras du conducteur du bus.

– Comment vous appelez-vous ?

– Nollan. Pascal Nollan.

– Eh bien, monsieur Nollan, vous allez tout de suite souffler dans le ballon ! s'écria le brigadier d'une voix forte.

Cette annonce remonta le moral du malheureux conducteur : de ce point de vue, au moins, il n'avait rigoureusement rien à craindre ! Depuis trois jours, il souffrait d'une angine, se bourrait de médicaments et n'avait pas avalé une goutte de vin. Les derniers badauds disparurent, soudain pressés de déguerpir, à l'exception de deux d'entre eux qui acceptèrent de témoigner. Veyrier se retrouva face au brigadier.

– Il vaudrait mieux que vous nous suiviez au commissariat, inspecteur, lui dit-il. Ce sera plus facile pour nous, puisque vous avez assisté à l'accident !

Veyrier acquiesça. Il s'apprêta à regagner sa voiture et fit même quelques pas quand il se souvint du splendide Transformer et de la poupée Barbie qu'il était allé acheter aux Nouvelles Galeries : il avait déposé ses paquets près de l'autobus avant de prendre soin de la jeune accidentée. Il s'aperçut alors qu'ils n'y étaient plus. Un petit malin avait profité de la confusion pour les lui voler ! Le brigadier remarqua sa surprise.

– Mes jouets ! On m'a piqué mes jouets ! s'écria Veyrier.

– Vos jouets, ah oui ? On vous a fauché vos jouets ? Vous comptez porter plainte ? demanda le brigadier, ironique.

Depuis son entrée en fonction à Villeneuve, une réputation d'excentrique contre laquelle il s'était bien gardé de lutter s'attachait à Veyrier. Elle lui permettait de passer au travers des rivalités qui agitaient la petite communauté du commissariat. Il haussa les épaules et s'éloigna en direction de la rue où était garée sa voiture en shootant rageusement dans les paquets de neige entassés le long des caniveaux.

Vingt minutes plus tard, il rejoignit le brigadier, Nollan et les témoins dans la salle du commissariat, où un inspecteur avait commencé à taper leurs dépositions, à l'évidence mécontent de cette tuile qui lui tombait dessus moins de dix minutes avant la fin de son service. Il parcourut le rapport préliminaire que lui avait transmis le brigadier, quelques notes griffonnées sur un cahier à spirale.

– Je vous écoute, murmura-t-il en s'adressant

au premier témoin, un passager qui était assis à l'avant de l'autobus et qui avait aperçu la jeune femme glisser sur la chaussée.

L'homme fit un récit très sobre de l'accident et insista sur le fait que Nollan n'avait rien pu faire pour l'éviter. Le second témoin, un piéton qui attendait à l'arrêt suivant, confirma ses dires. L'inspecteur martelait le clavier de sa machine d'un seul doigt, de plus en plus agacé par sa propre maladresse. Veyrier, charitable, lui proposa de se charger de la corvée. Son collègue le gratifia d'un sourire reconnaissant.

Le fait que l'auteur de l'accident fût un employé municipal incita Veyrier à traiter l'affaire avec le plus grand sérieux. La responsabilité de la ville risquait d'être engagée en cas de décès de la victime, voire simplement si elle présentait des séquelles après sa guérison. Dès qu'on lui donna la parole, Nollan déballa son sac : il insista une nouvelle fois sur le fait que le contremaître du dépôt l'avait contraint à effectuer des heures supplémentaires et exhiba même une ordonnance de son médecin, qui lui avait conseillé un arrêt de travail de quelques jours.

– Si j'avais su, je serais resté au lit ! Voilà où ça mène, la conscience professionnelle…

– Au fait, demanda Veyrier en se tournant vers le brigadier. Le nom de cette fille ?

– Heu… Vous avez pensé à regarder ses papiers, vous ? répondit le brigadier. J'étais persuadé que vous l'aviez fait !

– Non, les gens du Samu pourront sans doute nous renseigner ! reprit Veyrier, troublé.

Il tendit le formulaire à Nollan pour qu'il le signe. Celui-ci obtempéra, enfila un anorak et quitta le commissariat. Alors que Veyrier tendait la main vers le combiné pour appeler l'hôpital, la sonnerie retentit. Il décrocha.

– Comment ? Son identité ? Justement, j'allais vous la demander ! Nous ne la connaissons pas ! maugréa-t-il après quelques secondes. Vous avez fouillé dans le pardessus ? Et elle n'avait pas de papiers ?

Il raccrocha en soupirant. Le brigadier attendait, les bras ballants.

– À l'hôpital, ils n'ont rien trouvé sur elle. Je ne vois pas ce qu'on peut faire de mieux ce soir, expliqua l'inspecteur. Prévenez la permanence de nuit, la famille va peut-être s'inquiéter de ne pas voir la gamine rentrer, Vous avez vu, elle était très jeune, hein ? Une vingtaine d'années à tout casser...

Le brigadier hocha la tête et commença à ranger les documents. Veyrier consulta sa montre. Il était 21 heures. Les Nouvelles Galeries restaient ouvertes en nocturne, et il avait tout juste le temps de retourner acheter un Transformer et une poupée Barbie...

L'ANNÉE PRÉCÉDENTE, on avait fermé les dernières salles de l'ancien hôtel-Dieu de la ville, promis à la démolition, et les malades emménagèrent dans de grands bâtiments que la municipalité avait construits en plein centre-ville. Les photographies du nouveau centre hospitalier figuraient en quadrichromie dans les dépliants électoraux que le maire faisait distribuer dans toutes les boîtes aux lettres pour vanter la qualité de sa gestion. En fait, l'hôpital Pasteur était quelque peu surdimensionné par rapport aux besoins réels de l'agglomération. Six mois après son ouverture, on parlait déjà de fermer certains services et de redistribuer les effectifs vers d'autres établissements de la région. La construction de cet ensemble fournit même le prétexte d'une polémique qui vit se déchaîner l'opposition municipale, sans grands résultats. Les adversaires du maire ne se privèrent pas de souligner qu'une partie des sommes ainsi dilapidées aurait pu être affectée à l'amélioration de l'habitat des quartiers défavorisés. Les édiles écoutèrent avec bienveillance les arguments qu'on leur présentait et n'en tinrent aucun compte. Le service de réanimation doté des installations les plus sophistiquées, la maternité jouissant d'une ligne budgétaire tout aussi fastueuse, qui permit d'acheter une batterie de couveuses du dernier cri, un scanner, des appareils à résonance magnétique fournissaient à la ville de Villeneuve un motif de fierté que lui enviaient bien d'autres sous-préfectures.

Le soir du 23 décembre, Bastien Ségurel, l'anesthésiste de permanence, réceptionna l'inconnue renversée par le bus de Nollan, avenue de la République.

Ségurel avait accepté d'émigrer vers la province après avoir exercé quelques années en Seine-Saint-Denis. Las de passer ses nuits à sillonner la banlieue à bord de sa camionnette du Samu pour rafistoler des loubards esquintés à coups de couteau, des junkies au seuil de l'overdose, voire des chômeurs à bout de forces résignés au suicide, il avait accepté le poste de responsable du service d'anesthésie-réanimation qu'on lui proposait et était venu s'établir à Villeneuve. Il ne s'agissait pas là d'un sacrifice trop cruel. Ségurel n'avait jamais nourri d'ambitions démesurées quant à son plan de carrière. Célibataire après deux divorces, il n'avait guère d'attaches. De plus, il manifestait une passion extrême pour la pratique du char à voile ainsi que de l'enduro : les

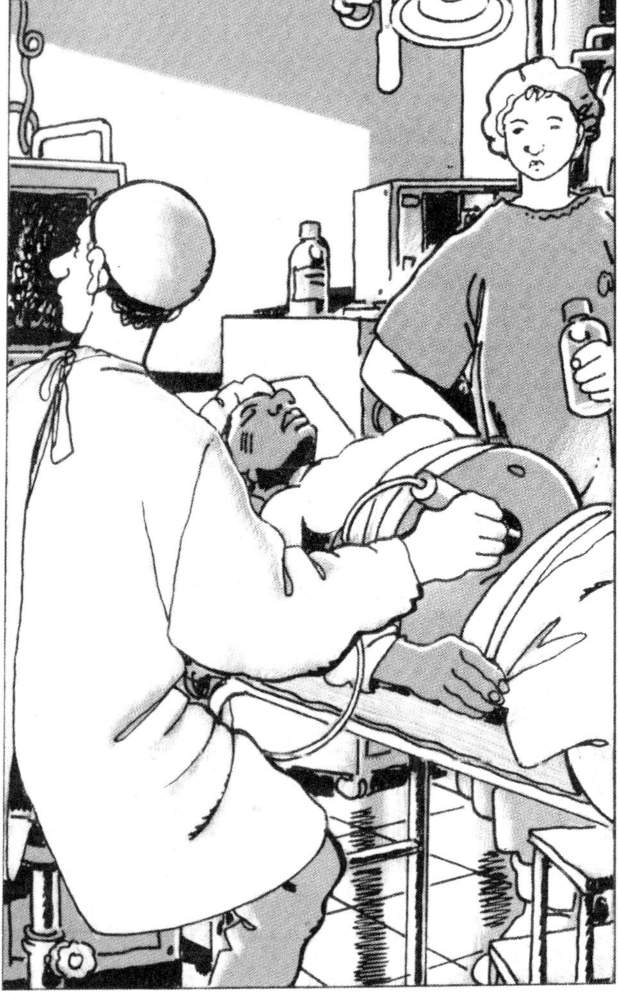

grandes plages que l'on découvrait à la périphérie immédiate de Villeneuve lui offraient l'espace propre à assouvir son besoin de sensations fortes. Sitôt son service achevé, quel que soit le temps, il filait sur sa moto le long du bord de mer. Dès que les marées et le vent étaient favorables, il tirait son char à voile du hangar dans lequel il le remisait et se livrait à de longues courses en solitaire sur la grève déserte.

La jeune femme fut introduite en salle de réanimation dès 19 heures. Les palpeurs reliés au scope indiquaient une forte perturbation du rythme cardiaque. Sa respiration était hachée, cahoteuse. Ségurel pratiqua aussitôt un scanner de la boîte crânienne et constata l'étendue des lésions. L'accidentée présentait un tableau d'œdème cérébral massif. La ligne médiane entre les deux hémisphères de l'encéphale avait subi une forte incurvation, signe indiscutable de la gravité de l'atteinte. Ségurel poursuivit ses investigations, posa des capteurs sur la dure-mère ; la mesure de la pression intracrânienne confirma son diagnostic. Il intuba sa patiente pour lui assurer une ventilation correcte et lui administra une dose importante de Mannitol afin de soulager la compression des tissus nerveux due à l'œdème. Les cathéters étaient en place, ainsi que les seringues électriques auxquels ils étaient reliés. Les doigtiers destinés à déterminer le taux d'oxygénation sanguine par simple résonance capillaire étaient correctement connectés au « Merlin », l'ordinateur de contrôle ultra-sophistiqué qui surveillerait désormais tous ces différents paramètres.

Il s'agissait là de gestes tout à fait routiniers, que Ségurel avait pris l'habitude d'accomplir chaque week-end, quand les pompiers ou le Samu amenaient à l'hôpital des jeunes gens en état de choc à la suite d'accidents de la circulation. À Villeneuve et dans toute la région, la sortie des bals du samedi soir était, hélas ! particulièrement meurtrière, en dépit des campagnes de prévention antialcooliques. Ségurel comprit pourtant que quelque chose n'allait pas. Le tableau clinique se compliquait en effet de ce curieux renflement dans la région abdominale qu'avait déjà noté Veyrier. Il pratiqua quelques examens supplémentaires, troublé, et ne parvint pas tout d'abord à expliquer la raison d'une telle anomalie. Nadine Blancard, l'infirmière qui l'assistait, vint corriger ce manque d'inspiration.

C'était une jeune femme d'une trentaine d'années, assez jolie, énergique et dotée d'un sens de l'humour à toute épreuve. Ségurel l'appréciait beaucoup. Dès son arrivée à Villeneuve, elle lui avait dressé un portrait détaillé des différents patrons qui se partageaient le pouvoir à Pasteur, l'aidant ainsi à se repérer dans la jungle hiérarchique qu'il aurait à affronter. Cette estime était réciproque. Ségurel et Nadine s'étaient tutoyés depuis le premier jour, tous deux animés par une sympathie aussi peu protocolaire que spontanée.

Un peu plus tard, à la suite d'un week-end de garde particulièrement épuisant, ils avaient fait l'amour, chez lui. Ils n'en avaient pas pour autant entretenu une liaison en bonne et due forme – ni l'un ni l'autre ne le souhaitait –, mais la complicité qui les unissait s'en trouva renforcée.

– Cette fille est tout bonnement enceinte..., annonça-t-elle.

Ségurel écarquilla les yeux, transpercé par cette évidence qui ne l'avait même pas effleuré. Il s'était ingénié à débusquer un traumatisme abdominal, mais n'avait pas songé à cette éventualité. À sa demande, Nadine courut au service de gynécologie et en rapporta un appareil d'échographie qu'elle introduisit dans la chambre, le poussant sur un chariot dont les roues grinçaient. Ségurel pommada aussitôt le ventre de l'inconnue d'une épaisse couche de glycérine et, malgré sa relative incompétence en la matière, pratiqua l'examen. Des images étranges apparurent bientôt sur l'écran. Ségurel distingua, par séquences successives, les éléments d'une silhouette d'environ vingt-cinq centimètres dont les mains étaient déjà parfaitement dessinées.

– Au pif, cinq mois bien tassés ! affirma Nadine, qui avait déjà assisté à certaines séances similaires, profitant du passage de quelques amies dans le service du Pr Lapouge, le patron de la maternité.

– Merde... un bébé ! On ne dirait pas, hein ? balbutia Ségurel, effaré, en palpant l'abdomen à peine rebondi.

– J'ai une copine qui a fait de l'équitation jusqu'au sixième mois sans se douter de rien : elle se croyait stérile ! rétorqua Nadine.

Ségurel consulta l'écran du Merlin et vérifia les données. Les premiers effets de la ventilation assistée indiquaient une légère amélioration de la pression intracrânienne. De 60, elle avait chuté à 55. Il saisit un champ opératoire et essuya ses mains moites.

– Pauvre gosse ! poursuivit Nadine. Je parle de la mère, évidemment. Elle était très jeune…

– Elle *est* très jeune ! corrigea aussitôt Ségurel.

– Hémorragie méningée, gonflement cérébral diffus, déplacement de la ligne médiane, murmura Nadine en feuilletant les résultats du scanner. Ce n'est pas vraiment sacrilège d'employer l'imparfait, non ?

– Si ! rétorqua sèchement Ségurel. On ne peut pas savoir ! Le pronostic est toujours réservé. Toujours. C'est un principe intangible. Elle peut se réveiller n'importe quand, et sans aucune séquelle. Tu peux réviser tes cours !

Nadine connaissait la fameuse maxime qui régissait le pronostic des comas. Trois jours, ou trois semaines, ou trois mois. Le réveil des comateux semblait obéir à cette mystérieuse loi. Évidemment, plus on avançait, plus le risque de lésions résiduelles augmentait.

– De plus, le fœtus ne souffre absolument pas, reprit Ségurel. Il faudrait quand même contacter la famille.

Nadine quitta la salle de réanimation et appela l'aide-soignante qui s'était chargée de ranger les vêtements de la jeune femme. Elle avait consciencieusement retourné les poches du jean et du pardessus, sans rien trouver qui puisse ressembler à un porte-cartes.

– J'ai même fouillé les doublures, au cas où, mais il n'y avait rien ! affirma-t-elle. Ensuite, j'ai appelé le commissariat, mais ils n'en savaient pas plus !

Nadine rejoignit Ségurel et lui annonça la nouvelle. Désemparé, celui-ci se résigna à attendre et à faire de son mieux. Nadine, écœurée par le spectacle de ce corps dont la survie ne dépendait que de l'assistance artificielle prodiguée par le Merlin, se prit à rêver d'une panne qui priverait le service de réanimation de l'électricité nécessaire au fonctionnement de l'appareillage. Elle rêva même à voix haute.

– C'est absurde, dit-elle. Il y a le générateur de secours…

– Tu es devenue folle ? s'étonna Ségurel. On doit la maintenir en vie. Du moins jusqu'à ce que la famille… Et d'ailleurs, même si la famille…

Il avait parlé à voix basse, les yeux rivés sur le visage de la jeune femme allongée sur le lit aux draps vert pâle. Nadine réprima un frisson. Bastien lui prit doucement la main et la serra.

– Le fœtus ne souffre pas, mais sa mère est foutue, poursuivit Nadine, butée. C'est horrible ! Pourquoi ne fais-tu pas un électroencéphalogramme ? Pour avoir une idée ?

– Non. Le Mannitol et tout ce que je lui ai injecté fausseraient les données. Il faut attendre !

Durant la nuit, il y eut deux autres admissions. Un cadre commercial au paroxysme du stress, qui avait fait un infarctus alors qu'il s'échinait à peaufiner son rapport pour le conseil d'administration de sa société, et le vigile d'un supermarché qui, en nettoyant son arme, s'était tiré malencontreusement une balle dans la cuisse.

Au petit matin, Ségurel releva les dernières données que lui fournit le Merlin. Il consigna ces informations sur le cahier de liaison et passa le relais à l'équipe de jour. Après quoi il alla prendre un café en compagnie de Nadine à la brasserie du Point-du-Jour, en face de la grande entrée de l'hôpital. Depuis la découverte de la grossesse de leur patiente, ils n'avaient échangé que quelques mots, des formules de routine, se contentant de concentrer leur attention sur les gestes qu'il leur fallait accomplir. Ils se quittèrent, se souhaitant un joyeux Noël.

LE TEMPS s'était encore refroidi. La couche de neige qui recouvrait la ville la veille au soir se mit à geler durant la nuit, et les rues ressemblèrent bientôt à une patinoire. Sur le chemin qui menait à la maison qu'il avait achetée en bord de mer, à quelques kilomètres de Villeneuve, Ségurel pronostiqua une épidémie de fractures du col du fémur, avec une pointe en fin de matinée, à l'heure où les petites vieilles sortent faire leurs courses.

Rentré chez lui, il dormit jusqu'à midi, prit une douche, enfila sa combinaison, sortit sa moto du garage et fonça vers la plage. Deux heures durant, il bondit à travers les dunes et, en s'efforçant de ne plus penser à rien, effectua quelques pointes de vitesse sur les vastes étendues de sable que la marée basse venait de découvrir, La roue avant de la moto soulevait des gerbes d'eau salée qui lui fouettaient le visage. Il tentait de faire le vide dans son esprit, mais l'image de la jeune femme noire ne le quitta pas un instant. De retour chez lui, il

resta un long moment indécis, fixant le combiné du téléphone. Vers 16 heures, il appela Georges Lapouge, le patron de la maternité et du service de gynécologie. Lapouge était en congé depuis une semaine. Il était allé à Nice pour les fêtes et ne serait de retour que le 2 janvier. Un message sur son répondeur indiqua toutefois à Ségurel le numéro où l'on pouvait le joindre en cas d'urgence.

VEYRIER PASSA la soirée du 23 décembre en compagnie de sa femme, Suzanna, à préparer l'arbre de Noël et les cadeaux. Les enfants s'étaient endormis non sans mal, excités à l'approche du réveillon.

Ils vivaient dans le vieux quartier du port, dans un appartement minuscule, mais que Veyrier n'aurait quitté pour rien au monde. Le matin, avant de filer au travail, il prenait son café en observant l'arrivée des bateaux qui revenaient de la pêche, escortés par des essaims de mouettes.

Les paupières lourdes de sommeil, il s'allongea sur le canapé sans même se dévêtir et s'endormit aussitôt, soulagé à l'idée de ne plus avoir à mettre les pieds au commissariat durant quelques jours. Il avait bataillé avec ses collègues pour se réserver la semaine séparant Noël du jour de l'An.

Quand il s'éveilla, le lendemain matin, il entendit des éclats de voix en provenance de la cuisine.

Encore perdu dans ses rêves, les cheveux ébouriffés, courbaturé, il se leva.

Suzanna avait connu Nadine Blancard au lycée, et elles étaient devenues inséparables. Souvent, à la fin de son service de nuit à l'hôpital, Nadine venait prendre un thé chez les Veyrier. Lors de ces visites, elle évacuait le trop-plein d'angoisse engendré par son travail.

– Tu comprends, c'est vraiment dingue, cette fille est enceinte ! expliqua-t-elle d'une voix sourde, où perçait une émotion sincère. Le fœtus est bien vivant. Son cœur bat normalement ! Et on ne sait même pas qui est la mère ! Elle n'avait pas de papiers !

– Tu as entendu ? demanda Suzanna en se tournant vers son mari, qui venait d'entrer dans la cuisine. C'est ton histoire d'accident…

Veyrier cligna des yeux, bâilla, se passa la main sur le visage et contempla Nadine d'un air ahuri avant de prendre place à son côté.

– Raconte en détail…, murmura-t-il en cassant la coquille d'un œuf dur sur le rebord de la table.

Il s'était trompé. L'œuf était frais.

UNE DEMI-HEURE plus tard, Veyrier s'évertuait à dresser la liste des commissions pour la soirée du réveillon. Les huîtres, le gigot, quelques bouteilles de gigondas, la sacro sainte bûche... Ils avaient invité quelques amis, parmi lesquels Nadine. Le téléphone sonna.

– Mon cher Veyrier ? susurra une voix à l'autre bout du fil. Dracheline à l'appareil. Vous pourriez passer tout de suite au commissariat ?

Veyrier protesta pour la forme. Le commissaire, qui passait les trois quarts de son temps à se débattre devant son tableau d'effectifs, se permettait souvent de déranger ses adjoints en dehors des heures de service, mais, d'ordinaire, il suffisait d'opposer une force d'inertie suffisante pour avoir la paix.

– Veyrier, je sais que vous êtes en vacances, plaida Dracheline. Mais si je me permets de vous appeler, c'est que je ne peux vraiment pas me passer de vous...

Il ne parvenait plus à trouver ses mots et toussotait.

– D'accord, j'arrive. Mais c'est bien pour vous rendre service ! répondit Veyrier, satisfait de l'embarras de son interlocuteur et ainsi convaincu d'avoir marqué un point.

IL FRAPPA à la porte du bureau du commissaire et ne tarda pas à s'apercevoir que l'atmosphère était tendue. Dracheline le salua d'un battement de paupières et l'invita à s'asseoir. Le malheureux Nollan était présent, ainsi que le premier flic qui était intervenu sur les lieux, sans oublier le brigadier, appelé lui aussi à la rescousse. Il y avait également les deux quidams qui s'étaient spontanément fait connaître auprès du brigadier, sitôt après l'accident.

– On se concentre ! s'écria Dracheline, en traçant un vague croquis sur un tableau noir. Là, l'autobus ; ici, le corps de la fille, n'est-ce pas ? M. Veyrier se précipite. Et c'est ensuite M. Nollan qui descend de son bus. Essayez de vous souvenir ! Vous n'auriez pas aperçu un sac à main, un portefeuille, n'importe quoi de ce genre ? Quelqu'un aurait pu le subtiliser à la faveur de l'obscurité, hein, dans toute cette confusion ? C'est sans doute ce qui s'est passé !

Nollan approuva, tout en se mouchant. Le briga-

dier fit de même. Les autres témoins regardaient le tableau comme s'ils s'attendaient à ce que la lumière en jaillisse. Dracheline, qui avait quitté son siège pour brosser son schéma, s'y laissa retomber. À l'évidence, personne n'était en mesure de lui venir en aide.

– Je vous remercie, dit-il, accablé. Excusez-nous pour le dérangement !

Les témoins quittèrent la pièce, à l'exception de Veyrier, qui commença à rouler une cigarette. Il fit tomber quelques brins de tabac sur le plancher et les dispersa de la pointe de sa santiag.

– J'ai bien peur que vous ne deviez remettre à plus tard votre petite semaine de vacances. Vous n'aviez rien de prévu, au moins ? grimaça le commissaire d'un ton prévenant.

– Se donner tant de mal, surtout à quelques heures du réveillon ! rétorqua sèchement Veyrier, peu enclin à se laisser impressionner. Une inconnue victime d'un accident, ça arrive presque tous les jours. Ses proches vont bien finir par s'inquiéter, non ? Ils nous contacteront, nous ou l'hôpital, hein ?

Dracheline garda le silence quelques instants et alluma une cigarette, lui aussi.

– La fille est enceinte, vous le saviez ? demanda Veyrier.

Dracheline baissa les yeux puis brassa en toussotant quelques paperasses qui traînaient sur le bureau.

À cet instant, un homme d'une soixantaine d'années, au visage osseux, barré d'un petite moustache grise, vêtu d'un costume prince-de-galles et coiffé d'une toque d'astrakan, pénétra dans le bureau. Sans même sembler remarquer la présence de Veyrier, il apostropha Dracheline :

– Alors, ces papiers, vous les avez retrouvés ? Le maire vient de me dire que vous n'aviez aucun élément nouveau ! C'est de la plus haute importance, m'entendez-vous ?

Dracheline se leva précipitamment et s'excusa auprès du nouveau venu. Il lui résuma la situation et avoua son échec.

– C'est fâcheux, c'est très fâcheux. Il me faut absolument son identité ! reprit le visiteur, toujours sans se préoccuper de Veyrier. Je compte sur vous, commissaire. Je saurai vous montrer ma gratitude ! Appelez-moi immédiatement à l'hôpital dès que vous en saurez plus !

Il quitta la pièce en claquant la porte.

Veyrier n'avait jamais rencontré personnellement le Pr Lapouge, le patron de la maternité du centre hospitalier Pasteur, mais il avait déjà vu sa photographie sur le « trombinoscope » que la mairie avait fait placarder lors des dernières élections municipales. Lapouge s'était engagé auprès du maire sortant durant la campagne électorale. Sa notoriété dans le monde médical avait sans doute pesé lourd dans la balance. La famille Lapouge était établie à Villeneuve depuis la nuit des temps ; elle comptait quelques « capitaines d'industrie » qui avaient littéralement fait jaillir la ville de terre et procuré du travail à nombre de ses habitants, avant que filatures et chantiers navals ne périclitent.

– Ah, je comprends mieux, maintenant ! murmura Veyrier d'un ton où pointait une insolence certaine.

– Allez, Veyrier, ce n'est pas le moment de faire le malin ! l'interrompit Dracheline en rougissant. J'ai Lapouge sur le dos et, derrière lui, la mairie et tout le saint-frusquin. Vous voulez que je vous mette les points sur les i ? Écoutez, dès demain, vous allez faire le maximum pour retrouver la famille de cette fille, et je vous assure que vous n'aurez pas à le regretter !

– Et comment voulez-vous que je m'y prenne ? Personne ne s'est manifesté pour demander de ses nouvelles, c'est tout de même troublant !

– À vous de voir ! Faites au mieux ! reprit Dracheline, désemparé. Je ne sais pas, moi. Retrouvez son employeur ou le chef de sa tribu, c'est pourtant pas sorcier ! Elle ne sortait pas du néant, hein ? Elle devait bien vivre quelque part, connaître des gens, non ?

En sortant du commissariat, l'inspecteur se dirigea vers la cabine téléphonique la plus proche et appela Nadine Blancard. Elle dormait encore mais réagit sans tarder à la nouvelle qu'il lui annonça : selon toute évidence, Lapouge avait pris en main le cas de l'inconnue renversée par l'autobus la veille au soir.

– Impossible ! Il est absent depuis une semaine ! assura Nadine. Il aurait déjà fallu qu'il soit au courant ! Si vite, ça me paraît bizarre ! À moins que…

– À moins que ? demanda Veyrier.

– Non. Ségurel est un type bien, il n'aurait pas mis ce charognard de Lapouge sur le coup ! poursuivit Nadine à mi-voix, perdue dans ses réflexions. Écoute, je vais essayer de me renseigner, je te rappelle !

Elle raccrocha. Veyrier contempla un instant le combiné et sortit de la cabine, oubliant de récupérer sa carte magnétique. Il fouilla les poches de son duffle-coat, ne retrouva pas la liste des commissions et monta dans sa voiture pour aller se fondre dans la foule qui assiégeait les abords du supermarché, décidé à suivre son inspiration, imaginant déjà le savon que lui passerait Suzanna quand elle se rendrait compte qu'il manquait la moitié des achats prévus.

LE PR LAPOUGE ne s'était montré avare ni de salive ni d'arguments pour convaincre l'équipe municipale de raser l'ancien hôtel-Dieu et construire le nouveau centre hospitalier. La maternité et le service de gynécologie qu'on lui livra clés en main le jour de l'inauguration récompensèrent tous ses efforts. Régnant en maître sur une solide équipe, Lapouge n'avait pas trahi la confiance que l'on avait placée en lui. La maternité drainait une clientèle importante, ce dont ne pouvaient se prévaloir les autres services de Pasteur. La consultation voyait affluer des patientes qui venaient parfois de fort loin. Lapouge s'était en effet spécialisé dans les recherches concernant les « grossesses tardives ». Des femmes déjà ménopausées mais désirant malgré tout avoir un enfant lui rendaient grâces de leur venir en aide alors qu'elles auraient dû renoncer à une telle aventure. Une aventure qui pouvait se terminer fort mal : les risques d'accident à la suite de crise d'hypertension artérielle mettaient leur vie en danger. L'une d'elles était à présent clouée dans un fauteuil roulant pour le restant de son existence. Les médias avaient commencé à s'intéresser à Lapouge après qu'il fut parvenu à mener à terme la première de ces grossesses à haut risque. Mme Dunois, que ses cinquante-quatre ans n'avaient pas dissuadée d'enfanter pour la première fois, fut même la vedette d'une émission télévisée qui fit connaître le nom de Lapouge à travers toute la France. Malgré la polémique qui s'ensuivit, il s'apprêtait à battre son record en frappant un grand coup avec une Toulousaine de soixante et un ans, qui avait bénéficié d'un don d'ovule de sa belle-sœur, et qu'il avait inséminée avec le sperme congelé de son mari, décédé cinq ans auparavant. Lapouge traitait ses détracteurs avec un mépris souverain. « Ce n'est pas à moi de dire à une femme qui désire un enfant si c'est bien ou mal. Nous ne sommes pas, nous médecins, détenteurs de la morale », avait-il déclaré lors d'une interview à *Elle*, résumant ainsi son credo déontologique. Bien évidemment, toutes ces parturientes à problème occupaient les chambres bien plus longtemps que ne l'auraient fait d'autres femmes, et leur cas nécessitait une cohorte d'examens complexes. Les services comptables de l'hôpital étaient reconnaissants envers le patron de la maternité.

NADINE tenta de joindre Ségurel à plusieurs reprises en téléphonant chez lui, mais n'obtint que son répondeur. Intriguée, elle se précipita à l'hôpital. L'infirmière qui avait pris le service à sa suite confirma ses craintes.

– Lapouge et Ségurel ont passé tout l'après-midi dans la chambre n° 7, lui dit-elle. Ils semblaient très remontés ! Tu les aurais vus…

– Mais Lapouge était absent pour une semaine, non ? s'étonna Nadine.

– D'après ce que j'ai cru comprendre, il a sauté dans le premier avion ! Ségurel l'a joint à Nice et il n'a pas tardé à rappliquer !

– Ségurel !? Jamais je ne l'aurais cru capable de ça ! Et la fille, toujours pas de nouvelles de sa famille ?

La réponse fut négative.

– Qu'est-ce qu'ils ont fait, dans la chambre ? reprit Nadine, de plus en plus anxieuse.

– Des électros, mais je n'en sais pas plus !

Nadine dévisagea froidement sa collègue et perçut immédiatement sa gêne.

– Des électros, hein ? murmura-t-elle. Pas la peine de me faire un dessin : le tracé est plat, j'en mettrais ma main à couper ! Cette pauvre fille est foutue, elle aurait pu mourir d'ici quelques jours, paisiblement. Maintenant, avec ce dingue de Lapouge…

– Qu'est-ce que tu veux dire ? demanda sa collègue, éberluée.

– Tu ne vois vraiment pas ? rétorqua amèrement Nadine.

Effondrée, elle quitta l'hôpital et rentra chez elle. Il lui restait peu de temps pour se préparer. Veyrier et Suzanna l'attendaient pour la soirée du réveillon.

SÉGUREL, en dépit de son cursus irréprochable, jouissait d'une piètre considération parmi les médecins du centre hospitalier. Il avait déjà croisé Lapouge à quelques reprises, mais c'est à peine s'ils avaient échangé deux mots. Aussi était-il intimidé de se retrouver assis en face de lui, un verre de fine champagne à la main, dans la vaste bibliothèque de la grande demeure de style anglo-normand qu'avaient habitée, en plein centre-ville, les générations successives de Lapouge. Les portraits des héros de cette petite dynastie ornaient les murs et couvaient Ségurel d'un œil sévère.

– Je n'ai jamais eu de chance, mon cher Bastien ! dit Lapouge avec un sourire crispé. J'aurais dû être chirurgien. Hélas ! la guerre d'Algérie m'en a empêché. Avant moi, mon père et mon grand-père avaient combattu. Je ne pouvais déroger à cette règle. Quand je suis revenu en France, en 62, j'avais assurément fait quelques progrès dans le domaine de la chirurgie, si vous voyez ce que je

veux dire, mais il était bien tard pour envisager une carrière sérieuse dans ce domaine ! J'ai aujourd'hui soixante ans. Il a fallu que j'attende très longtemps pour qu'on me confie la responsabilité d'un service digne de ce nom. Vous êtes jeune, mon cher Bastien ! J'ai besoin de votre aide, acceptez-vous de me la donner ?

Ségurel bafouilla quelques instants. Il avait appelé Lapouge sur un coup de tête, obéissant à une intuition confuse, et réalisait à présent qu'il se trouvait peut-être à un tournant de sa vie.

– Mon aide ? dit-il enfin. Elle vous est naturellement acquise, mais je crains fort que ma contribution…

– Ne soyez pas si modeste ! l'interrompit Lapouge. Vous êtes un excellent anesthésiste, et vous m'avez prouvé votre confiance – j'allais déjà dire votre dévouement ! – en m'avertissant dès que vous en avez eu l'occasion.

Lapouge se tut, porta son verre à ses lèvres et but une gorgée de fine en fermant les yeux.

– Croyez-vous réellement qu'il soit possible de réussir ? demanda Ségurel, troublé, en s'efforçant de maîtriser le tremblement qui agitait sa voix. Cette fille est pour ainsi dire morte !

Ségurel ne parlait pas à la légère. Ainsi que Nadine l'avait soupçonné, lors de leur visite à l'hôpital, ils avaient pratiqué un encéphalogramme, puis un second, à trois heures d'intervalle. Il ne subsistait aucun doute. Le tracé était désespérément plat. La patiente était « décérébrée », suivant le terme consacré. Seule l'assistance artificielle, sur laquelle veillait l'ordinateur Merlin, lui permettait de ne pas succomber.

– La partie est loin d'être gagnée, je vous l'accorde, reprit Lapouge. Mais je ne doute pas que vous entrevoyiez les conséquences, le retentissement qu'aurait une telle expérience en cas de succès ? Pour vous comme pour moi ! Vous voyez, je suis franc ! Je pourrais vous servir un petit couplet bien troussé sur le devoir du médecin, vous parler avec des trémolos dans la voix du petit être dont le cœur bat dans le ventre de sa mère, ce petit être dont la vie est sacrée, et autres fariboles ! Si nous parvenons à mener cette grossesse à son terme, mon cher Bastien, nous apparaîtrons comme les médecins de l'impossible. Nous aurons vaincu la mort, ni plus ni moins ! Voilà. Je vous écoute, à présent. C'est oui ou c'est non ?

– C'est oui, concéda Ségurel après une dernière seconde d'hésitation. Qu'attendez-vous de moi, au juste ?

Cette fois, sa voix s'était raffermie. Il soutint le regard inquisiteur de Lapouge sans baisser les yeux, avec une sorte d'insolence qui scellait implicitement le pacte qu'ils venaient de conclure.

– Ce que j'attends de vous ? Eh bien, notre patiente est enceinte de cinq mois environ. Il en reste quatre, durant lesquels j'exigerai une disponibilité totale. Quoique... je dis quatre mois, mais nous n'attendrons pas le terme. Suivant les données que vous m'avez fournies, il est évident que l'hypophyse est atteinte : comme vous le savez, elle intervient dans l'ouverture de la symphise pubienne et régule la motricité interne lors de l'expulsion. Notre patiente serait incapable d'accoucher spontanément. Il est hors de question de prendre le moindre risque. Nous pratiquerons donc une césarienne entre le septième et le huitième mois. Avec un peu de chance, nous aurons un prématuré tout à fait viable ! Apprêtez-vous à passer bien des nuits à l'hôpital. Nous travaillerons en étroite collaboration, à tout instant. Vous êtes marié, Bastien ?

– Non. Mais mes fonctions dans le service, mes tours de garde ?

Lapouge se cala le dos dans son fauteuil et émit un petit rire de gorge :

– Dès ce soir, vous serez totalement détaché auprès de moi. Votre tâche exclusive sera de veiller sur notre patiente. Vous savez que le conseil d'administration n'a rien à me refuser. J'espère que vous avez le cuir solide, mon vieux !

Ségurel haussa les épaules et reposa son verre sur un guéridon. Lapouge continuait d'épier ses réactions avec attention. Il reprit :

– Attendez-vous à subir bien des attaques ! Pour le moment, le secret est bien gardé, j'ai pris toutes mes précautions, mais, tôt ou tard, la nouvelle s'ébruitera ! Plus de cinq cents personnes travaillent à Pasteur, je ne me fais aucune illusion. J'assume la responsabilité du projet, mais les torrents de boue qu'on va déverser sur mon compte vous atteindront fatalement ! On va me traiter, on va *nous* traiter de tous les noms d'oiseau ! Nous allons être accusés d'acharnement thérapeutique, de je ne sais quoi encore ! Les médias, j'en fais mon affaire. Mais au cas où des pressions s'exerceraient sur vous, n'attendez pas pour m'en avertir.

– Pardonnez-moi, répondit Bastien, mais vous semblez faire peu de cas de la famille de… notre patiente ! Nous pourrions très bien rencontrer une fin de non-recevoir auprès de ses proches !

– Pour le moment, personne ne s'est manifesté, lui répondit Lapouge, dont le visage s'était soudain rembruni. Nous sommes dans une petite ville, les recherches vont vite, très vite, quand la police veut bien s'en donner la peine. Notre « amie » est d'origine africaine. Il est possible sinon probable qu'elle ait vécu seule et qu'elle se soit fait engrosser par un amant de passage, dont elle ignorait jusqu'au nom… Peut-être se trouvait-elle même en situation irrégulière, ça se fait beaucoup, chez ces gens-là ! Et puis, que diable, ce gosse, nous allons lui sauver la mise, n'est-ce pas ? Alors, de quoi les proches se plaindraient-ils ? Attendons-les de pied ferme !

– Légalement, je dois avertir le procureur, reprit Ségurel, soucieux de ménager ses arrières. Je suis responsable du service de réanimation, et c'est l'usage en pareil cas.

– Oui, c'est effectivement l'usage, concéda Lapouge. Vous devriez également contacter France-Transplant, pour les prélèvements d'organes. Il est évidemment hors de question que ces gens fourrent leur nez dans le service. Quant au procureur, eh bien, je m'en charge. Avez-vous déjà eu affaire à lui ?

– Non. Depuis mon arrivée à Pasteur, je..., bredouilla Ségurel.

– Un charmant garçon, l'interrompit Lapouge. Figurez-vous qu'il s'agit de mon gendre. Ma fille aînée, Cécile, a fait un excellent mariage. Avec les enfants, on a parfois de grandes satisfactions.

Bastien hocha longuement la tête. S'il doutait encore de la détermination de Lapouge, il savait maintenant à quoi s'en tenir. Lapouge quitta alors son siège, s'approcha de Ségurel et lui tendit cérémonieusement la main.

– Nous allons passer le réveillon le plus étrange de toute notre existence, lui dit-il. Êtes-vous croyant ?

Bastien ne put s'empêcher de rougir et bafouilla une réponse négative. Lapouge sourit et lui tapota affectueusement l'épaule.

NADINE arriva chez les Veyrier peu après 20 h 30. Les autres invités étaient déjà là et regardaient la télévision. Encore bouleversée par sa visite à l'hôpital, elle prit place sur un canapé et contempla la coupe de champagne que Suzanna vint lui offrir.

Quand Veyrier quitta sa cuisine après en avoir terminé avec sa séance d'ouverture des huîtres – au cours de laquelle il se blessa à la main, comme l'avait prévu Suzanna –, il la rejoignit et l'écouta raconter sa visite à Pasteur.

– C'est une histoire de dingue ! affirma-t-il. Lapouge n'osera jamais !

– Qu'est-ce que tu t'imagines ? Il est capable de tout !

– Mais, techniquement, c'est impossible ! protesta Veyrier.

– Va savoir, reprit Nadine. Il a toute l'infrastructure nécessaire à sa disposition, et ce n'est pas le culot qui l'étouffe. La fille vit. Même si elle reste dans le coma jusqu'à l'accouchement. Son cœur bat normalement. Le placenta réagit comme n'importe quel autre organe. Il suffit qu'il soit correctement irrigué, avec un sang enrichi et normalement oxygéné, et ça roule ! Et ce n'est pas la famille qui s'en plaindra : personne ne s'est encore présenté.

– Mais elle est morte ! s'insurgea Veyrier. Je veux dire, le cerveau, les centres nerveux... Elle n'existe plus en tant que personne !

– Mais son corps vit, c'est bien là tout le problème, murmura Nadine. Elle peut accoucher. Elle *peut* ! Vous ne vous souvenez pas, l'an dernier ? En Allemagne ? Il y a eu un cas similaire. Et ça a bien failli réussir !

Nadine ne put contenir ses larmes. Le geste de Ségurel, qu'elle interprétait comme une véritable trahison, l'avait blessée. Elle réalisa alors qu'elle était un peu, un tout petit peu, amoureuse de lui, en dépit de ce qu'elle avait pu croire. Durant tout le repas, elle resta songeuse. Peu avant minuit, les enfants ouvrirent leurs cadeaux. Nadine avait offert à chacun une paire de rollers strictement identiques, pour ne pas faire de jaloux...

LE 26 DÉCEMBRE, Nadine reprit son travail à l'hôpital. Le directeur du personnel la convoqua immédiatement dans son bureau. Il s'était fait remettre son dossier et le feuilletait avec application.

– J'ai un service à vous demander, lui dit-il après avoir feint de réfléchir. Vous savez que Mme Brion est en pleine dépression? Du coup, la gériatrie s'en va à vau-l'eau. Un vrai désastre! Accepteriez-vous de la remplacer? Évidemment, la gériatrie, avec votre qualification, les efforts de formation que vous avez consentis – oserais-je dire les sacrifices? – bref, vous me connaissez, je n'ai guère l'habitude de recourir aux précautions oratoires, mais je comprendrais fort bien vos réticences...

Nadine l'écouta bouche bée, stupéfaite de tant de culot. Il hésita à poursuivre :

– Vous feriez fonction de surveillante, jusqu'au retour de Mme Brion, reprit-il avec un sourire enjôleur. Je vous en serai reconnaissant, soyez-en certaine. Le tableau d'avancement...

Nadine éclata de rire. Le directeur du personnel prit son mal en patience et attendit qu'elle se calme. Nadine l'avait déjà affronté à plusieurs reprises, durant les mouvements de grève de l'année précédente, et savait qu'elle figurait en bonne place parmi les semeuses de pagaille qu'il rêvait d'épingler.

– Si je comprends bien, dit-elle enfin, je suis devenue indésirable en réa ?

– Comme vous y allez ! Notre intérêt bien compris, le vôtre tout comme le mien, ne souffrirait en rien de cette mutation ! Très provisoire, au demeurant, disons...

– Quatre mois, je parie ! suggéra Nadine. Je suppose que je ne peux pas refuser ?

– On ne peut rien vous cacher, acquiesça-t-il, soulagé de cette approbation tacite.

Nadine quitta les bureaux de l'administration et se rendit au service de réanimation pour chercher ses affaires. En chemin, elle croisa Ségurel. Il évita son regard et, avec un sourire gêné, chercha à s'éclipser. Elle le retint par la manche de sa blouse.

– Pourquoi ? demanda-t-elle simplement.

Il garda le silence un long moment, lui caressa la joue et haussa doucement les épaules.

– Écoute, Nadine, je sais ce que tu penses, alors pas de bla-bla, je t'en prie ! Il y a des moments, dans la vie, où on doit faire des choix en apparence désagréables, mais qu'on ne regrette pas par la suite.

– L'encéphalogramme est plat, hein, c'est ça ? demanda-t-elle.

Ségurel détourna son regard.

– Je ne savais pas que tu étais à vendre ! J'espère que Lapouge y a mis le prix, c'est bien le moins ! soupira Nadine, la gorge serrée.

Elle tourna brusquement les talons. Cette fois, ce fut Bastien qui chercha à la retenir. Elle écarta sa main et disparut au coin du couloir, les larmes aux yeux.

LE MÊME JOUR, Veyrier se mit au travail. Les révélations de Nadine ne l'avaient pas laissé indifférent. Le projet de Lapouge le révoltait. S'il parvenait à retrouver les proches de la jeune inconnue en temps utile, peut-être s'opposeraient-ils à l'expérience ? Déterminé à faire de son mieux, il ne savait cependant pas par quel bout s'y prendre. Il ne servait à rien de convoquer de nouveau les témoins de l'accident. Il se rendit à l'hôpital, assisté d'un inspecteur qui avait quelques talents en matière de prise de vue, et fit établir un portrait de la pensionnaire de la chambre n° 7. Lapouge assista à la séance.

– Elle est très jeune, précisa-t-il. À peine vingt ans. Vingt-deux peut-être, guère plus. Aucune maladie, aucune trace de traumatisme antérieur. Africaine, ça ne fait aucun doute.

– Vous éliminez l'hypothèse antillaise ? risqua Veyrier.

– Oui. Regardez ses joues, les marques de scarification, c'est typiquement africain ! Enfin, c'est à vous de voir, assura Lapouge, avec un certain détachement. Je vous fais totalement confiance. Lapouge, à vrai dire, ne semblait plus guère préoccupé par ce problème, en dépit du compte rendu alarmiste qu'en avait donné Dracheline. Le fait que sa patiente fût dépourvue de toute identité paraissait même le réjouir, bien qu'il se gardât de trop laisser deviner sa satisfaction. Il salua les deux policiers d'un bref hochement de tête. Le flash crépita à plusieurs reprises encore.

– Une vraie princesse, nota tristement Veyrier en poussant son adjoint hors de la chambre.

Il constata que l'inconnue bénéficiait de toute la sollicitude souhaitable dans son état. La chambre n° 6, voisine, avait été réaménagée en bureau, dans lequel s'étaient installés Ségurel ainsi qu'une surveillante chargée de filtrer les entrées. De grands panneaux sur lesquels étaient scotchées les feuilles de soins et divers graphiques à la signification mystérieuse ornaient les murs.

Les deux policiers se défirent des combinaisons, des chaussons et des bonnets stériles que la surveillante les avait priés de revêtir avant de pénétrer dans le service. Au passage, Veyrier récupéra le sac de plastique dans lequel on avait entassé les vêtements de la jeune femme. Au fond d'une des poches du pardessus, il trouva une poignée de tickets d'autobus usagés. Ils provenaient tous de la compagnie qui desservait Villeneuve et ses envi-

rons. Les dates de compostage, dont certaines remontaient au mois d'octobre, indiquaient que la « cliente » séjournait bien à Villeneuve.

Dès qu'il fut en possession des tirages, il fit placarder des photocopies du portrait de l'inconnue aux quatre coins de la ville et alerta même la station régionale de France 3 pour que le document fût diffusé lors du journal du soir. Il fila ensuite à la préfecture et consulta le fichier du service qui délivrait les cartes de séjour. Des milliers de visages défilèrent devant ses yeux. Il sélectionna quelques fiches, une vingtaine, celles de femmes ghanéennes, ivoiriennes, togolaises, qui pouvaient présenter un vague air de ressemblance avec la patiente de Lapouge. Deux jours durant, il sillonna Villeneuve et ses environs immédiats pour « loger » toutes ces femmes. Tâche harassante. Il visita ainsi trois foyers de la Sonacotra et s'épuisa à grimper les escaliers de quelques cages de HLM dont les ascenseurs étaient en panne. À l'issue de ce périple, il avait retrouvé la trace de dix-huit des femmes dont l'identité était répertoriée dans le fichier de la préfecture. Elles étaient toutes en parfaite santé. Restaient les deux dernières. Excédé, il mobilisa les effectifs disponibles du commissariat et se livra à une opération coup de poing dans l'unique squat de Villeneuve, un bâtiment désaffecté de l'ancienne capitainerie du port. Son arrivée fit grande impression. Ses hommes coffrèrent un clandestin tout juste débarqué des Comores ainsi qu'un mage contre lequel trois plaintes avaient déjà été déposées ; il vendait au prix fort des herbes aphrodisiaques et « envoûtait » les naïfs qui lui confiaient quelques billets de cent francs, s'enfuyant avec le magot. En toute autre occasion, Veyrier eût été fort satisfait de ce résultat, mais sa mission initiale avait abouti à un fiasco. L'affichage des portraits, l'appel à témoins, les flashs diffusés par France 3, pas plus que son raid sur le squat n'avaient donné de résultat. Le 30 décembre, il rendit compte au commissaire Dracheline, qui accueillit la nouvelle avec une sérénité inattendue.

– Parfait ! s'écria-t-il en se frottant les mains. Je dois reconnaître que vous avez fait le maximum, et je vous en félicite. L'évidence s'impose ! Nous n'avons pas retrouvé sa trace à Villeneuve, donc c'est ailleurs qu'il faut chercher ! C'est-à-dire en dehors de notre district. CQFD ! Je vais contacter les services de la PJ, à Paris. Ce sont eux qui centralisent les recherches.

L'inspecteur savait ce que cela signifiait. Le dossier allait musarder dans de nombreux bureaux, puis aboutir au fond d'un classeur. De fait, l'enquête ne rebondirait que si l'un des proches de l'accidentée se manifestait. À son tour, il remplirait un formulaire que les services compétents examineraient soigneusement… dès qu'on aurait pris soin de le leur communiquer !

– Attendez. J'avais cru comprendre que le Pr Lapouge tenait mordicus à connaître l'identité de sa patiente ! objecta Veyrier. Il aurait donc changé d'avis ?

– Ai-je dit quelque chose qui pourrait le laisser croire ? rétorqua Dracheline, piqué au vif, le regard fuyant. Nous avons fait notre boulot, point. Vous allez prendre du repos, comme prévu !

Veyrier hocha la tête. Dracheline ne parlait qu'à demi-mot, mais le message n'en était pas moins clair.

NADINE avait informé Veyrier de son éviction du service de réanimation. Ils en discutèrent longuement. Lapouge avait su se montrer discret. Dans les communiqués diffusés grâce aux bons soins de l'inspecteur, il n'était nullement fait mention de l'accident et de l'état de santé réel de la victime.

Nadine avait conduit ses propres investigations et savait à quoi s'en tenir.

– Lapouge s'est donné tout le temps de la retaper ! précisa-t-elle. Il est aux petits soins, et il a derrière lui toutes les filles du service, le petit doigt sur la couture de la blouse, persuadées de participer à une grande expérience scientifique, ces pauvres gourdes ! Ségurel ne quitte pour ainsi dire pas la chambre, et Lapouge y passe lui-même deux bonnes heures par jour ! C'est fou... Ils utilisent le corps de cette pauvre fille comme on le ferait d'un rat de laboratoire !

– C'est légal, ça ? demanda Veyrier, éberlué.

– Bien sûr que non ! ricana Nadine. Enfin, c'est flou ! Il y a des services de neuro où l'on maintient les comateux durant des années à l'état de légumes. Mais, de toute façon, le procureur de Villeneuve est le gendre de Lapouge, alors ça se passe en famille !

– Tu penses qu'il tente de retarder au maximum le moment de rendre la nouvelle publique ? demanda Veyrier, songeur.

– Exactement, répondit Nadine. Plus le temps passe, plus la grossesse avance, et plus son projet devient crédible. À cinq mois, tu sais, ce n'est plus tout à fait un fœtus, c'est déjà presque un bébé. S'il le tire jusqu'à sept et qu'il le colle en couveuse, c'est la célébrité garantie ! Et le fin du fin, ce serait qu'on ne retrouve jamais les parents de la fille ! Comme ça, Lapouge disposerait d'elle à son gré !

Veyrier lui confirma que les recherches étaient au point mort et que rien n'était fait pour les relancer.

– Dis-moi, si… si on se débrouillait pour ébruiter l'affaire, murmura Nadine, tu risquerais d'avoir des ennuis, non ? Lapouge comprendrait aussitôt d'où viendraient les informations ?

Veyrier blêmit, saisissant sans qu'il soit besoin de le préciser où elle voulait en venir. Il bredouilla quelques paroles incompréhensibles, honteux de se défiler ainsi.

– Après tout, tu as raison, lui dit Nadine. Avec ta femme et tes deux gosses, tu ne peux pas prendre le risque de te faire virer. Tandis que moi…

Depuis plusieurs mois, elle s'était remise à parler de son projet de départ à l'étranger. Son travail au service de réanimation lui plaisait, mais elle n'avait jamais abandonné l'idée de mettre ses compétences au service d'une organisation humanitaire. Veyrier la taquinait souvent à propos de sa vocation contrariée de « petite sœur des pauvres ».

– Réfléchis bien, Lapouge n'est pas n'importe qui, dit-il. Les listes noires, ça existe !

– C'est tellement dégueulasse, ce qu'il prépare, qu'il faut bien que quelqu'un se mouille, non ? dit brusquement Nadine avec un triste sourire.

DEUX JOURS PLUS TARD, en arrivant au commissariat, Veyrier fut averti que le patron désirait le voir au plus vite. Il pénétra dans son bureau et comprit aussitôt que Nadine n'avait pas perdu son temps.

– Lisez, lui dit Dracheline en lui tendant une coupure de journal.

Veyrier reconnut aussitôt la typographie de *Libération.* La page était tirée de la rubrique « Société ». L'article, bien que de dimensions réduites, faisait état des projets de Lapouge concernant sa patiente de la chambre n° 7, dont l'identité était toujours inconnue. Son auteur, un certain Chéneaux, mentionnait également la consultation de Nollan auprès de son médecin et le fait que son état de santé aurait dû lui interdire de conduire son bus le soir du 23 décembre. La responsabilité de la municipalité de Villeneuve était donc indirectement soulignée.

– C'est tout récent. Ces petits fouille-merde sont bien renseignés ! ricana Dracheline.

Veyrier garda le silence un long moment. Dracheline ne songea pas un instant à le soupçonner d'être à l'origine de la fuite.

– Excusez-moi, monsieur, dit-il enfin, mais je ne vois pas en quoi cela nous concerne. C'est une sorte d'expérience médicale, n'est-ce pas ? Lapouge n'est pas naïf ! Il n'y a pas de secret qui vaille, sauf à faire une grave entorse au droit, et je...

– Le Pr Lapouge est très très mécontent ! l'interrompit Dracheline. Ainsi que M. le Procureur de la République ! Ne parlons pas du responsable des transports urbains, vous me suivez ?

Veyrier grimaça un pâle sourire. « M. le Procureur de la République », rien que ça ! D'ordinaire, quand il était question de ce personnage, on disait simplement « le proc' ». L'énoncé du titre, avec toutes les majuscules sous-entendues par Dracheline, n'augurait rien de bon.

– Vous savez ce que ça signifie, Veyrier ? reprit le commissaire, après s'être éclairci la voix d'un raclement de gorge. D'autres fouille-merde vont débarquer à Villeneuve et faire le siège de l'hôpital, tout simplement ! Ce qui veut dire que nous allons devoir détacher quelques-uns de nos képis pour garantir la sécurité du lieu ! Le mal est fait, et c'est dommageable. Allez à l'hôpital et assurez-vous que tout se passe bien !

– Heu... les recherches concernant l'identité de la fille, je continue ? demanda ingénument l'inspecteur.

– Ai-je mentionné ce détail ? murmura le commissaire d'une voix mielleuse.

Veyrier se le tint pour dit. Dracheline ne s'était pas trompé. Dans la journée, les quelques hôtels de Villeneuve furent pris d'assaut par une cohorte de journalistes et de photographes, tous très excités. Il fallut installer des barrières de protection sur le parvis de l'hôpital Pasteur pour les empêcher d'envahir le service de réanimation.

DEPUIS LE 26 DÉCEMBRE, le Pr Lapouge passait toutes ses matinées dans la chambre n° 7 du service de réanimation. Il y arrivait dès l'aube, relevait les données collectées par le Merlin, se livrait à un examen poussé de l'état de sa patiente, notamment une investigation échographique destinée à surveiller la croissance du fœtus, et établissait une fiche de soins signée de sa main. Ségurel était toujours présent, après avoir veillé au chevet de la jeune femme durant une bonne partie de la nuit, ainsi que Lapouge l'avait exigé. Ils confrontaient leurs points de vue. Le travail était impeccablement partagé. Lapouge respectait la compétence de son jeune confrère en matière de réanimation, le laissait prescrire les drogues nécessaires au maintien en vie de leur patiente, s'effaçait même quand celui-ci pratiquait un énième bilan neurologique au scanner, mais se réservait la partie purement gynécologique. Dans son planning thérapeutique, qu'il concevait comme un véritable briefing de préparation à la bataille médiatique à venir, il envisagea même de recourir à une amniocentèse dès le début du sixième mois de grossesse. Ségurel s'en émut et souligna les risques d'avortement spontané qui pourraient en résulter.

– Le risque de voir naître un petit trisomique est quasiment nul, eu égard à l'âge de la mère, admit Lapouge, mais deux précautions valent mieux qu'une ! Si une « première » de ce genre aboutissait à un fiasco, nous aurions nous-mêmes fourni les verges pour nous faire battre. Nous devons, vous m'entendez bien, Ségurel, nous *devons* mettre au monde un enfant parfaitement nor-mal ! Il s'agit d'un garçon, l'échographie ne laisse planer aucun doute ! Un petit mâle, mon vieux, couillu à souhait ! Qu'est-ce que vous en dites ?

Ségurel, un peu dépassé par la situation et angoissé par la tournure que prenaient les événements, feignit de se réjouir. L'exaltation qu'il avait ressentie dès le début de « l'expérience » était retombée. Il regrettait déjà ses virées à moto sur les dunes, et les soirées tranquilles, au coin de la cheminée, dans sa maison du bord de mer. Lapouge avait évidemment prévu quelques complications du côté de ceux qu'il dénommait les « pisse-copie », aussi avait-il chargé la surveillante du service de lui préparer une revue de presse quotidienne. Dès qu'elle lui présenta l'article de *Libération,* il comprit que la partie venait tout juste de commencer.

– Et voilà..., soupira-t-il en prenant le bras de

Libération

Ségurel. Lisez, lisez vous-même ! Je vous avais prévenu ! Ils appellent à la rescousse leurs chers arguments déontologiques ! À les entendre, nous n'aurions pas le droit de nous substituer à la famille – inexistante ! – pour décider de poursuivre ou non la grossesse ! Ils nous suggèrent de débrancher le Merlin, ni plus ni moins ! Ces gens sont d'ordinaire partisans de l'avortement, mais à présent ils vont plus loin : ils s'indignent que nous fassions le maximum pour maintenir la mère en vie ! Ça n'a rien d'étonnant, n'est-ce pas ?

Ségurel parcourut le papier et grimaça en voyant son nom imprimé en caractères gras.

– Ce n'est que le début, ajouta Lapouge. Laissez-les mijoter dans leur jus et vous verrez que, d'ici une semaine, ils nous compareront aux médecins nazis ! Nous contre-attaquons, mon cher, l'offensive est la meilleure des défenses ! Cet après-midi, rendez-vous à 15 heures, à la cafétéria, nous allons leur servir un de ces petits shows dont ils raffolent !

Il téléphona à l'économat, ordonna qu'on prépare quantité de petits fours, et fit mettre au frais quelques magnums de champagne.

SOURIANT face à la batterie de flashs qui le mitraillaient, très à l'aise devant les micros, Lapouge salua les journalistes avec bonhomie. La salle de la cafétéria était comble, et ceux qui n'avaient pas trouvé de chaises disponibles s'étaient assis à même le sol.

– Eh oui, messieurs, je suis bien l'abominable monstre que vous vous apprêtez à livrer en pâture à la vindicte populaire ! déclara Lapouge en guise d'introduction. Je vous dispenserai malheureusement de la visite de mon laboratoire, encombré de cornues comme il se doit, et où bouillonnent d'infâmes mixtures à base de racine de mandragore ! J'espère que vous ne m'en tiendrez pas rigueur.

– Aïe, aïe, aïe ! Il nous la joue façon joyeux drille ! murmura Nadine, assise au fond de la salle en compagnie de Veyrier.

Tandis que Lapouge et Ségurel s'asseyaient à la tribune, un représentant de la mairie s'empara du micro.

– Messieurs, mesdames, déclara-t-il d'un ton

solennel, vous me permettrez, en guise de préambule, un « droit de réponse » à l'article de *Libération* qui est à l'origine de notre réunion d'aujourd'hui. Comme vous le savez, la jeune patiente du Pr Lapouge a été renversée par un autobus des services municipaux, ce qui n'était un secret pour personne. Jamais la municipalité de Villeneuve n'a cherché à fuir ses responsabilités, à tel point qu'elle a décidé de prendre en charge l'intégralité des frais d'hospitalisation. Cela méritait d'être souligné, et cette mise au point tordra le cou à une polémique tout à fait ridicule. Je vous remercie par avance de votre compréhension.

– Eh bien, constata amèrement Veyrier, Lapouge a décidément le bras long !

– Un à zéro, grimaça Nadine.

Le représentant de la mairie s'éclipsa. Les questions fusèrent aussitôt dans le plus grand désordre. Lapouge réclama le silence et donna tout d'abord la parole à une pigiste d'un magazine féminin. La jeune femme, intimidée, demanda des précisions sur la viabilité de l'expérience en cours.

– Expérience, dites-vous ? rétorqua Lapouge, feignant d'être indigné. Croyez-vous, mademoiselle, que nous nous permettrions de nous livrer à une « expérience » ? Nous ne faisons que notre devoir de médecins. Notre patiente n'est pas morte, ne l'oubliez pas. Elle vit ! Et son bébé ne demande qu'à naître ! Il est même en pleine forme, ce petit d'homme !

Lapouge botta aussitôt en touche et passa la parole à Ségurel, qui dressa un bilan exhaustif de l'état de la patiente, bilan truffé de termes techniques incompréhensibles pour les trois quarts des présents.

– Notre patiente est convenablement nourrie grâce aux injections que nous pratiquons, expliqua-t-il. Elle prend du poids, environ 400 grammes par semaine. Le bébé s'agite tout à fait normalement. L'examen de l'artère ombilicale au doppler – une sonde à ultrasons – nous a rassurés sur la circulation sanguine entre le fœtus et le placenta. Tout est rigoureusement normal !

– Deux à zéro, murmura Nadine. Il les embrouille !

Chéneaux, l'auteur du papier de *Libération,* se leva d'un bond et agrippa d'autorité le micro qui circulait dans les travées.

– Ah, voilà notre redresseur de torts, notre chasseur de scoop ! s'écria Lapouge, patelin. Celui qui voudrait nous faire croire que mon service ressemble au cabinet du Dr Caligari !

Quelques rires discrets saluèrent son propos.

– Votre compétence, professeur Lapouge, n'est mise en cause par personne dans cette salle, lança le journaliste, imperturbable. Nous ne doutons absolument pas que vous soyez à même de parvenir à faire naître cet enfant. Hélas ! ajouterai-je même. La question, voyez-vous, c'est…

– À la bonne heure, il entend bien poser une

question et non pas nous infliger un discours ! Précisez, je vous prie, précisez ! l'apostropha Lapouge.

– La question, reprit Chéneaux, bataillant contre la multitude de bras qui se dressaient pour demander le micro, la question, c'est : *à quoi ça sert ?* Cet enfant va naître d'une mère qui est cliniquement morte ! Qu'importe qu'il soit en parfaite santé physique. Que savez-vous de sa santé mentale ? Ne risquez-vous pas de faire naître un zombie ? Quelles auront été ses relations intra-utérines avec sa… sa mère, incapable de lui transmettre le moindre message, le moindre affect, le moindre…

Il bafouilla quelques secondes. Le micro, mal réglé, émit un effet Larsen particulièrement strident. Veyrier et Nadine échangèrent un regard catastrophé.

– Je n'ai pas bien entendu ! s'écria Lapouge. « Cliniquement morte », c'est tout ce que j'ai compris, n'est-ce pas ? C'est un fait ! Notre patiente n'a effectivement aucune chance de se réveiller du coma, sauf miracle ! C'est du moins ce qu'il faut en croire d'après la littérature médicale, hélas ! Mais prenez garde, Dame Nature est capable de bien des prodiges !

– Ne cherchez pas à noyer le poisson ! Que deviendra l'enfant ? cria le journaliste, blême de colère. Faire naître un orphelin, quelle performance !

Un silence pesant s'installa soudain.

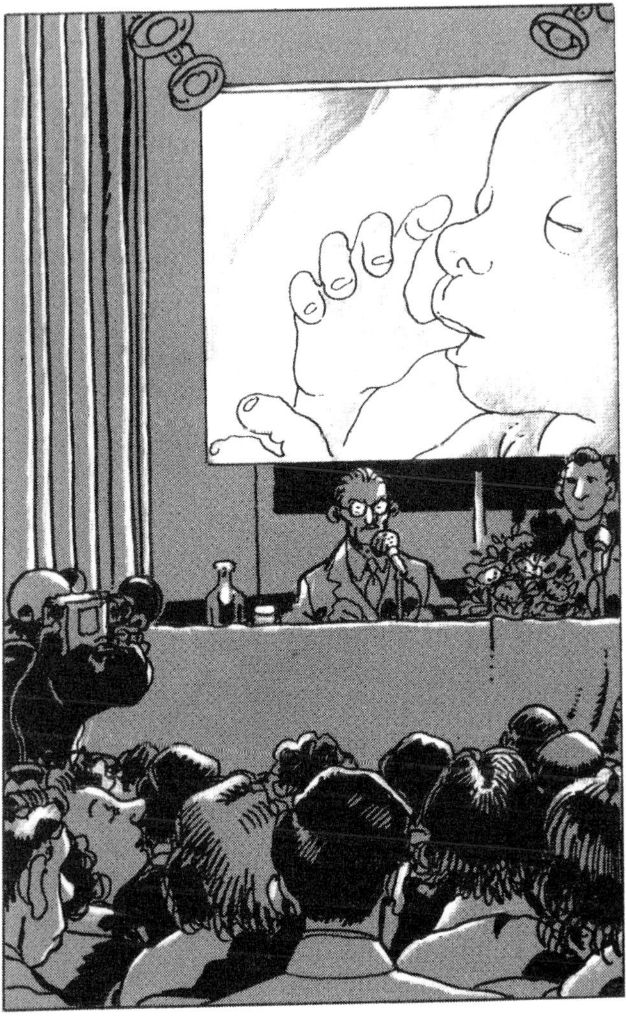

Nadine crut naïvement que Lapouge allait perdre pied. Il souriait en clignant des yeux devant les flashs qui continuaient à mitrailler la tribune.

– Un orphelin, dites-vous ? reprit-il. Certes, pour l'instant, la famille ne s'est pas fait connaître. Il est même possible que cette jeune femme ait résidé en France en situation irrégulière, auquel cas... je n'ai pas besoin de vous faire un dessin, n'est-ce pas ? C'est là un point extrêmement douloureux. Cet enfant a une mère, mais aussi sans doute un père ! Et puisque la presse me fait l'honneur de s'intéresser à cette histoire, j'oserai solliciter son aide. Jusqu'alors, la police n'a disposé que de faibles moyens. Diffusez le portrait de la jeune maman dans vos journaux, aidez-nous à retrouver sa famille !

– Là, il m'étonne ! s'écria Nadine, éberluée. Il aurait plutôt intérêt à...

– Tu parles ! l'interrompit Veyrier. Il prend un risque, mais surtout, il retourne la situation à son avantage ! Demain, dans tous les journaux, on va lui tresser des couronnes de laurier !

– C'est du grand art ! admit Nadine, avec un sourire forcé.

Lapouge montrait une photographie de sa patiente, et on le pressait de toutes parts pour en obtenir des copies. Il leva le bras pour rétablir le calme.

– Et si les recherches échouaient, poursuivit-il, s'il s'avérait que cet enfant soit seul au monde, alors, mesdames, messieurs, je m'engage à l'adopter ! J'en fais le serment, devant vous.

Veyrier et Nadine se dévisagèrent, comme assommés. Chéneaux accusait le coup, lui aussi. Lapouge pointa le doigt dans sa direction pour porter l'estocade :

– Dans ces conditions, au nom de quel principe obscurantiste devrais-je lui interdire de venir au monde, monsieur Chéneaux ? Croyez-vous qu'il me serait possible de le tuer ? Avez-vous déjà vu un fœtus de six mois, messieurs, mesdames ?

Un brouhaha des plus confus parcourut la salle. Chéneaux tenta de reprendre la parole, en vain.

– Et vous, mademoiselle ? insista Lapouge, en se penchant vers la jeune pigiste qui l'avait interrogé en premier. Êtes-vous mère ?

– Non, bredouilla-t-elle en rougissant.

– Vous le serez un jour. Je ne doute pas qu'avec un minois tel que le vôtre, vous n'attiriez dans le piège de votre sourire un charmant garçon qui se fera un plaisir de vous… hum… de vous…

Il fit mine de ne plus trouver ses mots. Un éclat de rire complice secoua l'assistance.

– Voyez donc ! reprit Lapouge, soudain grave. Vous me direz ensuite si, à ma place, vous auriez le courage de plonger le scalpel dans cette petite chair !

– Ben voyons, ricana Nadine pour elle-même. Tu n'aurais qu'à débrancher le Merlin, salaud !

L'obscurité se fit. Un projecteur installé au fond

de la cafétéria se mit à ronronner, et, bientôt, les présents eurent droit à un cours en Technicolor sur le développement du fœtus. La caméra endoscopique avait été plongée dans le liquide amniotique et balayait la cavité utérine. Le film présentait un raccourci du processus, en accéléré. Les spectateurs virent l'œuf migrer de l'ovaire jusqu'à la muqueuse utérine, puis se transformer peu à peu en fœtus. À huit semaines, on en distinguait déjà la forme, avec une tête surdimensionnée par rapport au reste du corps, le cœur et ses quatre cavités, ses yeux dépourvus de paupières, puis, à trois mois, les doigts, délicatement formés, et dont les ongles commençaient à durcir. Un mois plus tard, un nain, rougeâtre et translucide, au visage tourné vers le haut, flottait dans sa bulle douillette... À vingt semaines, enfin, ainsi que le soulignait le commentaire, le cortex était déjà formé, le visage presque parfaitement dessiné, avec des lèvres cherchant à sucer le pouce. Un concerto pour harpe particulièrement suave accompagnait ces images chargées d'une grande puissance émotionnelle.

– C'est ainsi, conclut gravement Lapouge. L'objet de toute ma vigilance, de tous mes efforts, n'est pas un vulgaire amas de cellules, mais un enfant. Un enfant qui ne demande qu'à vivre !

L'auditoire, troublé, fut parcouru d'un long frisson. La jeune pigiste que Lapouge avait prise à témoin ne dissimulait pas son émotion. Il lui sourit avec chaleur.

– C'est un pro, tu ne trouves pas ? dit Nadine, écœurée. Il les a tous embobinés !

– Qu'est-ce que tu pouvais faire de plus ? grogna Veyrier, par avance résigné à la défaite qui s'annonçait.

À la suite de la projection, Lapouge répondit encore à quelques questions, en insistant à chaque fois sur les leçons que le monde médical pourrait tirer de cette grossesse hors du commun si jamais il parvenait à la mener jusqu'à son terme. On parviendrait notamment à déterminer le rôle du psychisme de la mère sur le développement de son enfant, à mesurer, ainsi que l'avait pointé Chéneaux, la part des échanges affectifs si mystérieux qui unissent le fœtus, niché dans son alvéole, et son entourage immédiat. L'enfant de l'inconnue en était privé, ce que Lapouge ne contestait pas ; cette carence *in utero* ne manquerait pas d'intéresser les psychologues envers lesquels il ne nourrissait d'ailleurs guère d'affection... Puis il disparut, laissant Ségurel seul face à la foule. Peu à peu, la salle se vida. Chéneaux croisa Nadine en se dirigeant vers la sortie, mais, fidèle à sa promesse, feignit de ne pas la reconnaître. Elle avait fait un voyage éclair à Paris l'avant-veille pour lui raconter ce qu'elle savait, sans manquer de l'avertir des risques qu'elle courrait si on l'identifiait comme étant à l'origine de la fuite...

Veyrier rejoignit Dracheline qui battait la semelle sur le parvis de l'hôpital et répartissait ses effectifs pour les tours de garde suivants. Ségurel était resté assis à sa place, livide, comme vidé de toutes ses forces. Nadine s'avança vers lui et le dévisagea en s'efforçant de sourire.

– C'est toi qui as informé *Libé*, évidemment ? demanda-t-il.

– Peu importe, répondit-elle en haussant les épaules. Ça n'a pas l'air d'aller très fort.

– La fatigue : les gardes sont épuisantes, murmura Ségurel en se passant la main sur le visage.

– La fatigue, c'est tout ? Vraiment ? insista Nadine.

Il se leva, rassembla ses notes éparses et esquissa un pas en direction du couloir. Elle le rattrapa et lui prit la main.

– Bastien, lui dit-elle, il n'est jamais trop tard pour faire machine arrière, non ?

– Je crains que si, justement ! répondit-il d'une voix blanche.

VEYRIER ne s'était pas trompé. Dès le lendemain, « l'inconnue de la chambre n° 7 » fit la une de tous les journaux. Quelques commentateurs avaient emboîté le pas à Chéneaux et soulignaient les risques d'égarement qui guettaient les praticiens dans le contexte des affaires de procréation médicalement assistée. Du choix du sexe de l'enfant à l'élimination aveugle des ovules porteurs de tares génétiques en passant par les fameuses grossesses tardives, au cours desquelles les futures mères mettaient leur propre existence en péril, toutes les dérives possibles furent passées en revue. À l'opposé, les différentes ligues anti-avortement montèrent au créneau, décidées à promouvoir Lapouge au rang de porte-étendard de leur cause. Des évêques s'étaient même associés pour rédiger une tribune libre, qui parut dans *Le Monde.* TF1 promit une série de flashs spéciaux destinés à faire pénétrer jusque dans la moindre chaumière le visage de la jeune pensionnaire de la chambre n° 7.

Nadine archiva soigneusement tous les articles parus. Chéneaux tenta de maintenir la pression, mais l'actualité était chargée. Il devait lui-même partir aux États-Unis pour un long reportage sur le sida, si bien que Nadine perdit son principal soutien. Dix jours après la conférence de presse, il n'y avait toujours pas de nouvelles de la famille de la jeune femme. TF1 cessa de diffuser ses spots.

LAPOUGE rongeait son frein et passait de plus en plus de temps auprès de sa patiente. Il pratiquait des touchers vaginaux réguliers pour vérifier l'état du col utérin, sans jamais rien déceler d'anormal, n'épargnait pas sa peine et étudiait avec un soin maniaque les bandes des examens échographiques. Il n'y avait aucun signe de souffrance fœtale. La tête était bien orientée en direction du col utérin, les bras et les jambes normalement croisés…

En dépit de la désaffection des médias, Lapouge continuait de faire parler de lui, mais dans un cercle infiniment plus restreint : celui des professionnels de la procréation médicalement assistée.

D'Italie, d'Angleterre, il recevait des messages de soutien de la part de médecins qui, tout comme lui, s'étaient trouvés en butte à une campagne de dénigrement.

On le pressait de communiquer les résultats des analyses que subissait sa patiente.

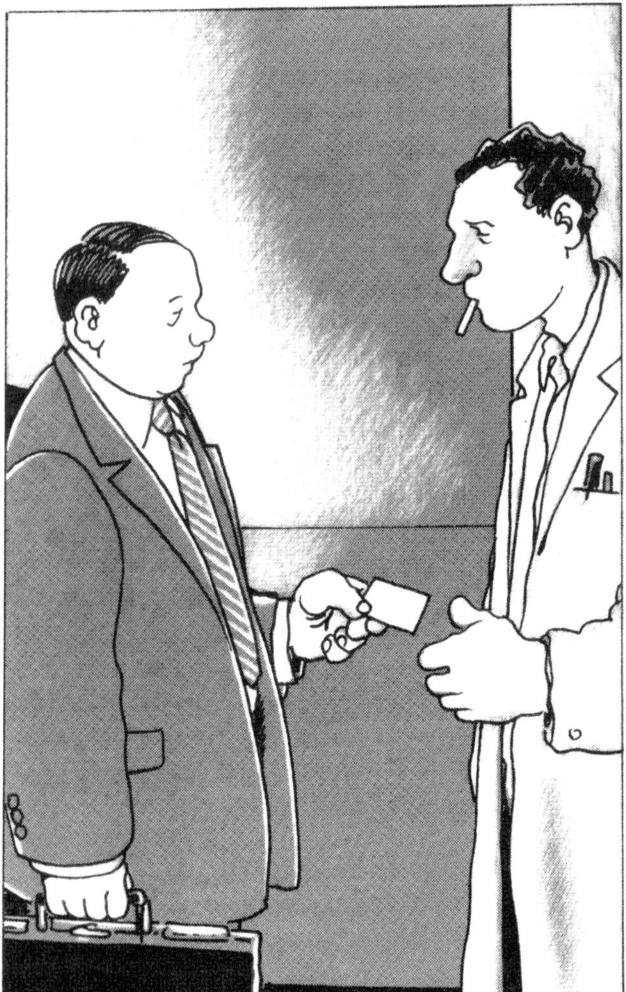

Les spécialistes de l'hormonologie étaient tout particulièrement intéressés par l'évolution de la grossesse.

Lapouge, méfiant, ne livrait ses informations qu'au compte-gouttes et se réservait l'essentiel des conclusions pour un livre dont il avait déjà commencé la rédaction ; il avait contacté plusieurs éditeurs et négociait déjà les droits.

À la mi-mars, il reçut la visite d'un certain Paul Brachet, le représentant d'une société suisse, les laboratoires Praxon.

Brachet débarqua à l'improviste à l'hôpital et fut tout d'abord reçu par Ségurel.

Plutôt petit, âgé d'une quarantaine d'années, vêtu d'un costume de flanelle grise, dépourvu de tout signe distinctif, Brachet serait passé totalement inaperçu dans un symposium d'experts comptables. Il tendit sa carte à Ségurel, qui fronça aussitôt les sourcils.

Depuis la fameuse conférence de presse donnée par Lapouge, de nombreuses firmes pharmaceutiques s'étaient manifestées pour proposer leur aide, avec toute la discrétion requise. Lapouge les avait éconduites, se contentant de communiquer le numéro du compte bancaire qu'il avait pris soin d'ouvrir pour doter son service de moyens encore plus performants.

Ségurel avertit donc Brachet, qui conserva tout son calme.

– Désolé, mais le Pr Lapouge m'a chargé de filtrer les demandes de ce genre, lui expliqua-t-il sèchement. Ses réponses sont généralement négatives. Je transmettrai, évidemment.

– Je me permettrai d'insister, répliqua Brachet d'une voix neutre. Les laboratoires Praxon participeraient volontiers à un effort financier pour assurer au Pr Lapouge des conditions de travail plus satisfaisantes, cela va de soi, mais c'est plutôt la mère qui nous intéresse.

– La mère ? répéta Ségurel, interloqué.

– La mère, oui. Auriez-vous l'obligeance de demander un rendez-vous au Pr Lapouge, monsieur Ségurel ? Un rendez-vous rapide.

– Bien, bien, je verrai…, reprit Bastien, de plus en plus troublé.

– Accessoirement – j'emploie ce terme sans aucune intention malveillante, notez-le bien –, reprit Brachet de la même voix atone, la firme que je représente m'a chargé d'un message pour vous.

– Pour moi ?

– Pour vous, monsieur Ségurel, confirma Brachet, toujours aussi imperturbable. Notre comité directeur serait ravi de vous rencontrer. Vous êtes fort bien placé pour le savoir, les recherches récentes dans le domaine de l'anesthésie et de la réanimation, votre spécialité, nous laissent espérer de grands progrès dans un avenir proche. Un praticien de votre trempe, et bientôt de votre renommée, mérite d'exercer ses talents dans un cadre plus… plus…

Confortablement calé dans son fauteuil, face au médecin, il joignit les mains dans un geste qui évoquait celui de la prière. Bastien l'observait, tout d'abord outré, puis vite amusé par ce numéro de séduction aussi grossier qu'inattendu.

– Dans un cadre plus satisfaisant..., conclut enfin Brachet, le rose aux joues. Le poste de directeur des recherches de notre département anesthésique est vacant. Nous vous invitons donc à vous rendre à Genève pour discuter des détails de notre offre. Quand puis-je voir le Pr Lapouge ?

BRACHET n'était qu'un émissaire. Deux jours plus tard, Laurent et Antoine Praxon en personne firent le voyage jusqu'à Villeneuve, Lapouge ayant refusé de s'absenter de la ville. Au préalable, ils s'étaient longuement entretenus au téléphone. La rencontre eut lieu pour le souper, à l'auberge des Trois-Couronnes, un restaurant de la périphérie. Lapouge, après bien des hésitations, avait décidé d'y convier Ségurel. Il manifestait une grande confiance à son égard, mais ne tenait pas pour autant à l'associer à toutes les retombées de l'expérience en cours, escomptant bien s'en octroyer le bénéfice exclusif. Les avances de Brachet avaient cependant été trop directes pour ne pas mettre la puce à l'oreille de Bastien, ce que Lapouge devina. Ils en discutèrent franchement, à l'hôpital, avant de se rendre à l'invitation.

– Mon cher Bastien, nous avons conclu un pacte pour faire naître cet enfant, mais l'obstétricien, c'est moi ! lança Lapouge. Cela dit, je ne suis pas un ingrat, et il ne serait pas très fair-play de vous tenir à l'écart… pour la suite !

– La suite ? Mais mon avenir est tout tracé ! répliqua Bastien avec un sourire teinté de cynisme.

– La Suisse est un pays où il fait bon vivre, en effet, reprit Lapouge. Ce n'est pas exactement ce dont je voulais parler. Voyez-vous, mon cher Bastien…

Il se tut brusquement. Ségurel était fatigué. Il avait passé la nuit précédente au chevet de la future mère, alerté par une légère perturbation de son rythme cardiaque, qui se révéla finalement bénigne. Il n'était pas d'humeur à finasser.

– Puisque vous savez ce que les laboratoires Praxon ont derrière la tête, autant me le dire tout de suite, non ? maugréa-t-il en allumant une cigarette. À présent, me voilà à moitié dans la confidence, et, au point où j'en suis, vous auriez bien du mal à vous débarrasser de moi ! Alors ?

– Les laboratoires Praxon, oui…, soupira Lapouge, feignant d'ignorer l'impertinence que sous-tendaient les propos de son confrère. Une fortune colossale. Le père, Maximilien, a pourtant commencé sa carrière en vendant des… des élixirs de jouvence sur les places publiques ! Un vulgaire charlatan ! Ses deux fils, Laurent et Antoine, s'en sont mieux tirés. Curieux personnages, en vérité.

Ségurel, agacé par ces précautions oratoires, pianota d'une main nerveuse sur le bureau. Lapouge se leva, fouilla dans un paquet de revues médicales pour en extraire une de la pile qui menaçait de s'effondrer. Il la feuilleta et corna une page.

– C'est une photo prise lors d'un congrès international de pharmacologie, dit-il en s'efforçant de sourire. Elle vous permettra de faire connaissance avec eux avant même de les rencontrer. Regardez !

Ségurel s'empara du document et l'examina avec attention. Lapouge fixait un quartier de lune, au travers des vitres du bureau.

– Instructif, non ? Qu'en dites-vous ? demanda-t-il.

– Je… je ne comprends pas ! bredouilla Bastien, troublé.

– Ah oui ? Eh bien, les frères Praxon vont sans doute se faire un plaisir de pallier votre manque d'inspiration. Venez, il est l'heure. Ce sont des Suisses, ne l'oubliez pas : il serait inconvenant d'être en retard !

LE DIMANCHE SUIVANT, lors d'une permanence au commissariat, Veyrier reçut un coup de fil qui le fit sursauter. Une voix de femme, assez âgée, le priait de se rendre à une adresse des environs de Villeneuve. Elle avait des révélations à faire à propos de la patiente de la chambre n° 7, mais refusa d'en dire plus au téléphone. L'inspecteur bondit dans sa voiture et fila vers le nord en suivant la route du bord de mer. Après avoir parcouru une vingtaine de kilomètres, il découvrit, au détour d'un virage, une allée de gravier bordée de platanes qui débouchait sur un large portail aux ferronneries rouillées. Un peu plus avant se dressait une grande bâtisse à colombages qui avait grandement souffert de l'usure du temps. Le parc qui l'entourait n'était plus entretenu depuis longtemps, à en juger par les ronces qui avaient envahi les massifs de fleurs. Dans un enclos lui aussi dévoré par la friche, se dressaient de grandes statues de bois, d'origine africaine, des totems et des masques rongés par la moisissure, qui portaient encore les marques de peintures rituelles. Veyrier aperçut un personnage à la forte carrure, bedonnant, en bras de chemise et salopette, penché sur le capot ouvert d'une vieille Bentley. Il agita la cloche qui pendait au portail. L'homme releva la tête, s'essuya les mains sur un chiffon maculé de cambouis et vint ouvrir la grille.

– Mme Valempierre vous attend, lui dit-il en l'invitant à le suivre.

Veyrier fit connaissance avec la maîtresse des lieux, une septuagénaire au regard vif mais empreint de tristesse, qui le reçut dans une vaste bibliothèque.

Sans ambages, elle lui tendit un petit étui de cuir qui contenait une carte d'identité de la République de Côte d'Ivoire. Sur la photographie, il reconnut le visage souriant de la patiente de la chambre n° 7, qu'il n'avait jamais vu que figé dans le sommeil du coma.

– Loene Bokosola. Née à Bona, Côte d'Ivoire.

– « Loene », c'est comme ça qu'elle s'appelle ? demanda Veyrier après avoir étudié le document.

– Oui, elle était arrivée ici au mois de septembre..., répondit Mme Valempierre. Elle a vécu ici jusqu'à son accident. Je l'ai pour ainsi dire recueillie... Disons que je l'employais. Il y a beaucoup à faire, dans cette maison. Je suis veuve et je n'ai qu'un domestique qui s'occupe de tout.

– Elle n'avait pas de carte de séjour, hein ? Pas

de papiers en règle ? demanda Veyrier, gêné de la brutalité de sa question.

– Non. Elle est arrivée en Europe en passant par le détroit de Gibraltar ; il y a des bateaux pour les clandestins, avoua la vieille femme. La situation est très difficile en Côte d'Ivoire. Ses parents sont cultivateurs, ils ont été ruinés par la chute des cours du cacao, alors elle a préféré tenter l'aventure plutôt que de rester dans la misère...

– Mais comment est-elle arrivée chez vous ? poursuivit Veyrier.

– Mon mari et moi, nous avons passé de longues années en Côte d'Ivoire..., soupira Mme Valempierre. J'y ai toujours des amis, si bien que mon adresse doit circuler.

– Mais pourquoi avoir attendu si longtemps avant de nous avertir ? Vous avez vu les flashs à la télé ? Vous saviez que nous recherchions des renseignements sur elle ?

– Oh, j'ai été lâche, j'avais si peur... Peur qu'on me reproche d'avoir hébergé, ou plutôt employé une personne en situation irrégulière. Je n'en dors plus depuis des semaines !

– Vous saviez qu'elle était enceinte ? reprit Veyrier.

– Non, elle me l'avait caché. Aujourd'hui, je suis prête à affronter la justice ! proclama fièrement la vieille dame.

– Au point où nous en sommes, je ne crois pas qu'on vienne vous ennuyer, la rassura Veyrier.

Dites-moi, qu'est-ce que Loene allait faire aux Nouvelles Galeries, la veille de Noël ?

– Je lui avais donné un peu d'argent pour acheter des vêtements. Elle n'en avait pas, pour l'hiver. Le pardessus qu'elle portait appartenait à Oumar, le domestique qui est venu vous ouvrir. Avec la voiture, nous l'avons déposée au magasin et nous devions passer la récupérer une heure plus tard. Quand nous avons constaté qu'elle n'était pas là, j'ai pensé qu'elle avait fait une fugue. Évidemment, après, nous avons su, grâce à la télé.

– Vous savez qui est le père ?

– Non, monsieur. Ni elle, je le crains. Loene m'a expliqué que, pour payer le prix de son passage en bateau, elle avait dû… enfin, vous me comprenez… C'est affreux, n'est-ce pas ? Je ne pouvais tout de même pas la laisser à la rue !

– Dites-moi, reprit Veyrier, souriant, vous savez peut-être comment je peux joindre sa famille, en Côte d'Ivoire ?

– C'est déjà fait ! annonça Mme Valempierre. J'ai adressé une lettre il y a une semaine à ses parents, en faisant de mon mieux pour leur expliquer ce qui se passait. Ils ont décidé qu'Alassane, un des oncles de Loene, viendrait la chercher. J'ai attendu d'avoir la confirmation de la nouvelle avant de vous avertir. Voyez vous-même !

Elle tendit un télégramme à l'inspecteur et poursuivit ses explications. Loene venait d'un village nommé Biassoumé, en pays Agni, à l'intérieur des terres, et était la cadette d'une fratrie de huit enfants.

– La… la chercher ?! balbutia l'inspecteur. Vous voulez dire…

– Oui, ils veulent l'enterrer dans le cimetière du village. C'est normal, n'est-ce pas ?

– Son oncle, disiez-vous ? reprit Veyrier. Pourquoi pas ses parents ?

– Dans le village, Alassane fait figure de sage, ils ont sans doute pensé qu'il serait mieux placé pour faire face à une telle situation. Je l'ai bien connu, lors de mon séjour là-bas. Il arrive en France demain. J'irai l'accueillir à l'aéroport et je l'hébergerai, bien entendu. Avant son accident, j'ai tenté à plusieurs reprises de convaincre Loene de reprendre contact avec sa famille, mais elle refusait. Soyez prévenant avec ces gens… Je peux compter sur vous ?

– Prévenant ? Vous savez, la police n'a guère l'habitude de ce genre de circonstances…, murmura Veyrier, qui imaginait déjà la tête de Dracheline à l'annonce de la nouvelle.

– Essayez quand même ! reprit Mme Valempierre. Les Agni sont des gens très attachés à leurs traditions religieuses… Je crains que ce ne soit très difficile pour eux de comprendre ce qu'a tenté de faire le Pr Lapouge. Ils appartiennent à une très vieille ethnie. Les missionnaires de l'Église ont ratissé la région, surtout depuis la construction de la basilique de Yamoussoukro. Leur influence est grande. Cela dit, les Agni ne sont pas tous devenus catholiques. Ils continuent de pratiquer leurs rites animistes, même s'ils vont communier tous les dimanches !

– Leurs rites animistes ? répéta Veyrier, abasourdi.

Mme Valempierre garda le silence, le visage tourné vers une des fenêtres par lesquelles on apercevait le parc et le curieux assemblage de statues africaines couvertes de lierre.

– Je suis désolé, reprit Veyrier, mais il faut que vous me suiviez au commissariat. Je dois prendre votre déclaration en bonne et due forme.

L'ANNONCE de la découverte de la famille de sa patiente plongea Lapouge dans une grande fureur, mais il fit contre mauvaise fortune bon cœur et s'efforça d'afficher le plus grand calme. La date de l'accouchement approchait, et il tolérait mal de voir arriver la famille de Loene pour le dernier acte, alors qu'il était si près du but.

Quand l'avion d'Alassane Bokosola se posa à Roissy, le lendemain en fin de matinée, une foule serrée de journalistes se pressait autour des guichets de douane. Un attaché de l'ambassade ivoirienne accompagnait Veyrier, à qui le commissaire Dracheline, un peu dépassé par la situation, avait confié la charge de « réceptionner » l'oncle de Loene. Mme Valempierre, fidèle à sa promesse, était elle aussi présente.

Alassane était très grand ; son visage émacié, auréolé d'une chevelure toute blanche et crépue, rayonnait d'une grande douceur. Il portait une longue djellaba de coton par-dessus laquelle il avait

ARRIVEE

passé un blazer bleu marine… Il n'avait jamais mis les pieds en France, ni même à Abidjan, aussi observait-il avec une curiosité mêlée d'effroi l'agitation frénétique des voyageurs, le va-et-vient des patrouilles de CRS, et tous ces gens qui lui tendaient un micro pour lui arracher quelques mots.

On lui montra un journal du matin qui titrait en gros caractères : « VILLENEUVE, LA FIN DU MYSTÈRE. » Une photographie de Loene accompagnait l'article, qui énumérait avec enthousiasme les dons de toutes sortes qui affluaient à l'hôpital Pasteur, et destinés à pourvoir aux besoins de l'enfant. Une grande marque de couches-culottes avait déjà fait savoir qu'elle approvisionnerait gratuitement le service du Pr Lapouge pour une durée d'un an ; un fabricant de layette avait fait de même. Des jouets, des tétines, des biberons, des landaus, des peluches affluaient par camions entiers à la maternité de l'hôpital Pasteur.

Alassane demeura silencieux un long moment. Son regard se porta vers Mme Valempierre, qu'il embrassa. Elle avait les larmes aux yeux et quémanda l'aide de Veyrier. Celui-ci écarta un photographe et montra un couloir gardé par des CRS, par lequel ils pourraient fausser compagnie à la meute des curieux.

Veyrier, Alassane et Mme Valempierre prirent place dans la voiture de celle-ci. Durant plus de la moitié du trajet, ils restèrent silencieux. Alassane, impressionné par l'accueil qui lui avait été fait, parcourut la presse du jour. Il parlait français avec aisance, mais Mme Valempierre dut lui expliquer certains termes employés par les journalistes. Assis à l'avant, à côté du chauffeur, Veyrier guettait ses réactions dans le rétroviseur.

Tout à coup, l'oncle de Loene entama un long dialogue en dialecte agni avec la vieille femme. Au fur et à mesure de la conversation, Veyrier vit la mine de celle-ci s'allonger. Elle fronça les sourcils, hocha la tête, puis s'adressa à Veyrier.

– Inspecteur, dit-elle, notre ami désire rencontrer le Pr Lapouge au plus tôt.

– C'est l'évidence, approuva Veyrier. Il doit même nous attendre.

– Alassane souhaite rapatrier immédiatement le corps de sa nièce en Côte d'Ivoire, précisa-t-elle.

– Immédiatement ? C'est-à-dire… sans attendre… le… enfin, la…, bredouilla Veyrier.

– Elle est morte, n'est-ce pas ? demanda Alassane.

– C'est tout le problème ! rétorqua Veyrier.

– Elle est morte, je viens de le lire ! reprit Alassane en citant un extrait de l'article qu'il venait de parcourir : « Jamais plus Loene ne s'éveillera. » Elle est donc morte. Et à présent que nous approchons d'elle, j'entends son esprit m'appeler à son secours ! Si elle n'est pas enterrée au plus vite dans la terre de son pays, le pays Agni, jamais elle ne trouvera la paix !

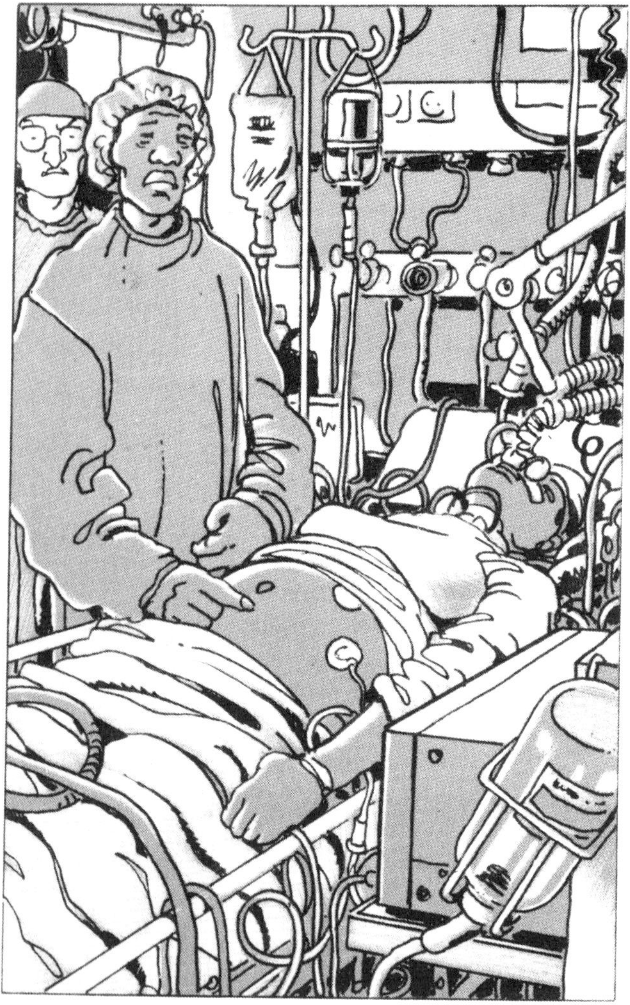

TOUT COMME à Roissy, un comité d'accueil un peu spécial l'attendait à l'hôpital Pasteur. Les équipes de télévision s'étaient relayées dans le bureau de Lapouge ; il leur avait lu un communiqué annonçant sa satisfaction à l'idée que son combat n'avait pas été vain, puisque l'enfant qui allait naître grandirait parmi les siens...

Veyrier fit dégager le parvis tandis qu'Alassane patientait dans la voiture. Dès que la voie fut libre, il le conduisit auprès de Lapouge, autorisant Mme Valempierre à l'accompagner. Les deux hommes se dévisagèrent longuement, puis Lapouge fit un pas en avant et tendit solennellement la main à Alassane. Celui-ci se garda de la serrer, inclina légèrement la tête et demanda à voir sa nièce.

On lui fit endosser une blouse et un bonnet avant de l'introduire dans la chambre n° 7, où Ségurel décryptait le résultat des dernières analyses, affichées sur l'écran du Merlin.

Alassane se figea sur le seuil. Il ferma les yeux,

éleva la main gauche en direction du lit, puis, très concentré, murmura quelques paroles en dialecte agni. Lapouge, qui se tenait à son côté, l'observait avec inquiétude.

– Loene est bien morte..., murmura Alassane. Les esprits m'ordonnent de la mettre en terre.

Il s'avança enfin, posa sa main sur celle de sa nièce, la retira aussitôt, épouvanté, et chercha des yeux Mme Valempierre, qui attendait dans le couloir. Elle pénétra dans la chambre et ils conversèrent à voix basse.

– Que se passe-t-il ? demanda Lapouge.

– Il demande pourquoi le corps est encore chaud..., expliqua Mme Valempierre.

Le visage de Lapouge s'allongea. Il ouvrit la bouche mais ne parvint pas à articuler la moindre parole. Alassane tournait à présent autour du lit, examinait les appareils, les cathéters, le tracé du rythme cardiaque sur l'écran de l'ordinateur. Avec des gestes précis et calmes, il défit le drap qui recouvrait le corps et, de la pulpe de l'index, palpa le ventre rebondi de sa nièce.

– Vous vous trompez, Loene n'est pas morte ! annonça Lapouge, qui s'était ressaisi.

– Elle est morte ! J'entends sa voix qui m'appelle au secours, du royaume des morts ! Je l'entends ! Jamais plus elle ne s'éveillera...

Lapouge, désemparé, se lança dans une explication confuse. Il parla du cerveau de Loene, assurément détruit, et de son cœur, qui continuait à battre grâce à la machine. Ségurel, accablé, secoua la tête et quitta la chambre.

– À Biassoumé, je suis le komia, reprit Alassane. C'est pourquoi les miens ont décidé que je viendrais ici pour prendre le corps.

– Prendre le corps ? Mais vous ne pouvez pas ! Elle doit bientôt accoucher ! C'est impossible ! s'écria Lapouge.

Il interrogea Veyrier du regard, comme pour obtenir son soutien. Celui-ci détourna les yeux.

– Inspecteur, lui dit-il, il n'est pas souhaitable que nous restions ici… Cette chambre est stérile et nous sommes trop nombreux. Allons poursuivre cette conversation dans mon bureau.

– Je reste auprès de Loene ! protesta Alassane. Il faut la délivrer de ta machine, pour qu'elle trouve la paix !

– Inspecteur, expliquez-lui, je vous en prie ! lança Lapouge.

Mme Valempierre attira Alassane à l'écart et parvint à le convaincre de céder aux injonctions du médecin. Ils se retrouvèrent dans son bureau. Dès qu'il y fut installé, Alassane réitéra son souhait.

– Je sais ce qu'il faut faire, je suis le komia, dit-il, et je viens prendre le corps pour que Loene puisse reposer en paix… Je dois la protéger des mauvais esprits ! Elle doit rejoindre ses ancêtres ! Au plus vite ! Sinon, elle sera condamnée à errer loin des siens ! Comment veux-tu qu'elle se réveille un jour dans l'au-delà si sa terre natale n'est pas son linceul ? Je suis le komia, je vois clair ! C'est ainsi, c'est la loi de la vie, la loi de la mort !

– Qu'est-ce que c'est que cette histoire de « komia » ?! siffla Lapouge, excédé.

– Le komia est un prêtre qui, par sa connaissance des puissances occultes, protège le village, expliqua Mme Valempierre.

– Un sorcier ! Monsieur est un sorcier, en quelque sorte !

– Exactement le contraire ! corrigea la vieille dame. Il lutte précisément pour neutraliser la sorcellerie et écarter le malheur.

– J'ai prêté serment ! Asokfawe, qui était le précédent komia de Biassoumé, m'a présenté le vin de palme devant l'Assemblée ! Je l'ai bu et j'ai juré de soigner même mes ennemis ! Mon cœur est pur ! Et toi, tu as prêté serment ? reprit Alassane, qui ne semblait pas réaliser que Lapouge commençait à perdre son sang-froid.

– J'ai prêté serment, évidemment ! s'écria celui-ci. Écoutez, monsieur, voilà plus de trois mois que je m'efforce de maintenir en vie votre nièce, que j'ai refusé de…

– Vous ne comprenez pas ! coupa Mme Valempierre. Il vous demande si vous êtes komia, vous aussi !

– Je suis professeur agrégé de médecine, ça devrait lui suffire, non ?

– Je vais t'enlever Loene. Tu dois me la rendre.

Je vais l'enterrer, s'entêta Alassane. Tu n'es pas komia, tu n'es qu'un disinia !

– Voilà autre chose…, ricana Lapouge. La traduction, je vous prie ?

Mme Valempierre lui adressa un regard lourd de reproches, rassura Alassane d'un sourire et reprit ses explications :

– Chez les Agni, on marque la différence entre le komia, qui œuvre pour le bien de toute la communauté, et le disinia, son concurrent, qui n'est qu'un vulgaire guérisseur ! Il ne prête pas serment et peut même aider quelqu'un à se débarrasser d'un ennemi en administrant un poison.

– Ou en jetant un sort, probablement ? l'interrompit Lapouge.

– Ne soyez pas intolérant, professeur ! reprit Mme Valempierre, gardant tout son calme. Le komia est bien supérieur au disinia. Il doit même le surveiller pour l'empêcher de faire le mal. Je vous en prie, professeur, essayez de vous mettre à sa place, il cherche simplement à comprendre !

– La belle affaire. À présent, c'est moi le sorcier ! s'esclaffa Lapouge. Écoutez, monsieur. Ici, vous êtes en France, et, dans cet hôpital, c'est moi qui dirige les opérations. Votre nièce est sous ma responsabilité. J'ai alerté la presse, lancé un appel à témoin, et le moins qu'on puisse dire, c'est que vous avez tardé à réagir, monsieur Bokosola ! Je veille sur la vie de l'enfant !

– Il n'y a pas d'enfant ! répliqua Alassane, qui

commençait à manifester les premiers signes de la colère. Loene est morte, donc l'enfant qu'elle portait est mort, lui aussi ! Ton savoir de disinia ne vaut rien en face du mien ! Tu dois t'incliner ! Elle est partie en guerre et elle est tombée !

– « Partie en guerre » ? Qu'est-ce que c'est que ce charabia ? gloussa Lapouge.

– C'est ainsi que parlent les Agni ! rétorqua dignement Alassane. Donner la vie est un combat, Loene l'a perdu ! Soumets-toi à mon autorité, ainsi que l'exige la coutume !

– C'est peut-être ainsi que parlent les Agni, concéda Lapouge avec une pointe de mépris à peine dissimulée, mais je parle autrement ! Loene n'a pas perdu sa bataille, monsieur Bokosola ! Elle n'a d'ailleurs même pas commencé ! Je vous le répète : vous êtes en France. La loi interdit formellement l'euthanasie ! Et j'aimerais beaucoup qu'on me démontre qu'il s'agit d'autre chose, si, comme je le crains, vous envisagiez de me demander de tuer cet enfant !

– Pourquoi le tuer, alors qu'il est déjà mort ? répliqua Alassane.

– Mort !? Vous en avez de belles ! Il est en pleine forme ! J'ai fait procéder à une amniocentèse, le caryotype est rigoureusement normal ! s'étrangla Lapouge, en frappant du poing sur le plateau de son bureau. Je pratique quotidiennement des touchers vaginaux pour vérifier l'état du col utérin de votre nièce et vous me parlez de...

Lapouge, indigné, ne parvenant plus à trouver ses mots, ravala sa salive, la gorge nouée. Alassane, qui n'avait pas compris les mots du vocabulaire médical, se tourna vers Mme Valempierre pour implorer son secours. Elle fit de son mieux pour lui traduire les paroles du médecin. Il n'était guère aisé de lui expliquer qu'on avait prélevé, à l'aide d'une seringue, quelques centilitres de liquide amniotique pour mettre en culture les cellules fœtales et examiner la conformation des chromosomes. Alassane écouta avec une grande patience. Au fur et à mesure de ses explications, il serra les poings et son teint vira au gris.

– Tu plantes une aiguille dans le ventre d'une morte pour enlever sa chair ! Tu enfonces ton doigt impur dans son sexe ! De quel droit ? Chez moi, le plus pervers des disinia n'oserait agir ainsi ! gronda-t-il, pétrifié de douleur.

NADINE, qui était accourue dans le service de gynécologie à l'annonce de l'arrivée d'Alassane, y retrouva Ségurel. Il s'était cloîtré dans son bureau mais lui ouvrit la porte.

– Tu l'as vu ? Je n'ai même pas pu l'approcher ! Il avait l'air assez pathétique ! s'écria Nadine.

– Il veut qu'on débranche tout le foutoir..., soupira-t-il. Lapouge n'acceptera jamais !

– Il en a l'obligation, non ? C'est ce qu'on aurait dû faire dès le premier soir !

– Ne retourne pas le couteau dans la plaie..., supplia Ségurel. Si tu savais...

Tassé dans son fauteuil, voûté, il jouait machinalement avec son stéthoscope. Sa main tremblait.

– Si je savais quoi ? demanda Nadine en s'approchant de lui. (Elle lui caressa la nuque, se pencha et déposa un baiser sur sa joue. Il l'écarta d'un geste brusque.) Bastien, il n'est pas trop tard pour t'en sortir ! lui dit-elle. Désolidarise-toi de Lapouge, cette histoire est absurde ! Dans d'autres circonstances, n'importe quelle famille aurait exigé qu'on déconnecte le Merlin ! C'est ce que demande l'oncle. Alors l'incident est clos !

– Je me suis trop engagé ! Je ne suis pas seulement un exécutant. Après tout, ce projet est aussi le mien ! murmura amèrement Ségurel. J'assumerai. Jusqu'au bout. Laisse-moi !

– Mais tu n'as rien à assumer ! protesta Nadine, convaincue de lui tendre une bouée de sauvetage. C'est ce dingue de Lapouge qui s'est excité ! À quoi rêve-t-il ? Au prix Nobel ? La presse est là ! Va les voir et dis-leur que tu laisses tomber !

Ségurel ne se laissa pas fléchir. Il demeura silencieux, buté. Nadine refoula les sanglots qui affluaient dans sa gorge, puis sortit à reculons.

BOULEVERSÉ par les révélations de Lapouge, Alassane se rendit sur le parvis de l'hôpital, où les journalistes faisaient toujours le pied de grue dans un brouhaha ponctué de cris divers, au gré des rumeurs qui les agitaient. Il était tantôt question de la naissance prématurée du bébé, tantôt d'une démission du Pr Lapouge… sans que rien de sérieux ne vienne étayer ces annonces, toutes plus farfelues les unes que les autres. Aussi désemparés l'un que l'autre, Veyrier et Mme Valempierre suivirent Alassane. Celui-ci fit face aux caméras avec une sérénité mêlée de désespoir.

– Je ne suis qu'un étranger parmi vous, dit-il d'une voix d'abord hésitante, et qui se raffermit peu à peu. Je ne demande que la justice : qu'on me rende Loene ! Le guérisseur Lapouge me refuse ce droit ! Il ne fait pas le bien ! Le bien, c'est d'obéir à la nature, de respecter la mort ! Lui, il réchauffe le cadavre, avec sa machine, il lui fait outrage ! Il le profane ! Chez moi, à Biassoumé, les disinia obéissent au komia ! Les disinia craignent le komia ! Ici, c'est différent ! C'est le komia qui doit obéir au disinia ! Ce n'est pas l'ordre naturel !

– Allez-vous poursuivre Lapouge en justice ? lança Chéneaux, qui, comme nombre de ses confrères, était accouru à Villeneuve dès la fin de la matinée.

Alassane s'épongea le front. Les caméras cadrèrent au zoom son visage fatigué. À demi vaincu, comprenant intuitivement que ses paroles ne pouvaient être entendues, il fit face, bravement. Un silence pesant s'installa. Nadine rejoignit Veyrier, qui retenait son souffle.

– Je ne connais pas votre loi ! dit Alassane. Je ne connais que la loi des Agni. Et quand, chez nous, une sœur meurt alors qu'elle porte un petit, nous devons pratiquer le mumune.

– Le « mumune » ? Pourriez-vous nous expliquer cela ? reprit Chéneaux.

– Vous expliquer le mumune ? M. Lapouge emploie des mots que je ne comprends pas, balbutia Alassane. Comprendrez-vous les miens ?

– Nous essaierons ! promit Chéneaux

– Pour nous, les Agni, expliqua Alassane, il est hors de question de laisser l'enfant dans le sein de sa génitrice morte, car nous refusons qu'une personne devienne le cercueil d'une autre ! La mère est morte ! J'ai lu ce que vous avez écrit. Vous avez dit la vérité. Je l'ai vue, je l'ai même touchée ! M. Lapouge réchauffe sa chair, mais l'esprit de

Loene m'a parlé et m'a supplié de la délivrer de la machine. A-t-on jamais vu une morte donner la vie ? Je suis le komia ! J'exercerai mon pouvoir ! Je dois ramener le corps de Loene chez elle, à Biassoumé. Je dois ouvrir son ventre et retirer l'enfant mort pour l'enterrer dans une sépulture différente de celle de sa mère. Je le dois. C'est la coutume. C'est ainsi. Depuis la nuit des temps. Et ce sera toujours ainsi ! Nul ne peut vaincre la mort !

Les présents, interloqués, respectèrent spontanément une minute de silence à laquelle personne ne les avait conviés. Alassane suivit Veyrier, qui le fit monter dans la voiture de Mme Valempierre. Le chauffeur démarra aussitôt, et la vieille Bentley s'éloigna de l'hôpital. Ce fut au tour du Pr Lapouge d'apparaître sur le parvis. Son arrivée raviva l'agitation, qui avait repris de plus belle. Il leva le bras pour obtenir le calme, chaussa ses lunettes et lut un communiqué laconique dont il remit une copie aux journalistes. Il y annonçait son intention de saisir le Conseil de l'ordre et le Comité national d'éthique, proclamant par avance son refus de mettre fin à l'expérience en cours. Dans un premier temps, il renonça à toute déclaration supplémentaire, mais, pressé de questions, assailli, puis poursuivi jusqu'à la porte de son bureau, il laissa éclater sa colère.

– On ne cesse de nous accabler, nous les Occidentaux, à propos de notre indifférence à l'égard du tiers-monde ! lança-t-il d'une voix grondante. Et voilà qu'il m'est donné, à moi, Georges

Lapouge, de démontrer, bien au contraire, à quel point nous savons nous montrer généreux ! Des dizaines de milliers de francs ont été dépensés pour maintenir en vie le fœtus de ma patiente ! Une femme dont j'ignorais jusqu'à l'identité, et à laquelle j'ai consacré toute mon énergie, tout mon savoir ! Vous savez à présent qui elle est ! Je dis bien qui elle est, et non qui elle était ! J'ai lutté contre la mort avec l'énergie du désespoir ! Je suis médecin, et non sorcier ! La vie, je n'ai fait que la glorifier ! Que la servir ! Et voilà qu'au nom de je ne sais quels arguments obscurantistes, on vient me reprocher d'avoir accompli mon devoir ! Je vous fais juges de ma probité, je vous prends à témoins ! Il n'y a qu'un geste à faire pour tuer un enfant, un geste d'une simplicité monstrueuse : débrancher une simple prise électrique ! J'attends qu'un volontaire se manifeste ! Mais qu'il ose accomplir son forfait devant vous, à visage découvert. Qu'il ose affronter les regards de ses semblables ! Je l'attends ! Je l'attends !

SA DIATRIBE fut relayée par les journaux télévisés du soir. Alassane s'installa chez Mme Valempierre, et Veyrier fut chargé de veiller sur lui. Le sage agni ouvrit aussitôt sa valise et en tira un petit carnet sur lequel étaient consignés plusieurs numéros de téléphone. Avec l'aide de son hôtesse, il passa quelques heures à joindre les compatriotes dont il possédait les coordonnées. Veyrier l'observait avec inquiétude. Puis Alassane se retira dans une des chambres, qu'Oumar avait préparée.

Dès le lendemain, Lapouge se présenta devant le Comité national d'éthique, dont la convocation, hâtive, fut annoncée par tous les médias. Une heure durant, il y plaida son dossier, reprenant l'argumentation dont il avait déjà donné les grandes lignes dans son allocution face à la presse, devant l'hôpital. Ses partisans se mobilisèrent pour une manifestation de soutien, le soir même. Les plus extrémistes d'entre eux brandissaient des pancartes sur lesquelles on voyait un sorcier africain grossièrement caricaturé plongeant un couteau ensanglanté dans le ventre d'une femme enceinte. Quant à ses détracteurs, circonspects devant les déclarations d'Alassane concernant le mumune, ils adoptèrent un profil bas. Les délibérations du Comité se poursuivirent jusqu'à une heure avancée de la nuit. Les « sages » donnèrent enfin leur verdict : il était hors de question de priver Loene de l'assistance du Merlin jusqu'à l'accouchement. Les arguments contraires furent balayés, assimilés à une pratique d'euthanasie, ainsi que l'affirmait Lapouge.

Il revint donc à Villeneuve conforté par l'autorité du Comité, heureux de sa victoire. Quand il franchit le seuil de l'hôpital, il aperçut un attroupement soigneusement contenu par des barrières de sécurité derrière lesquelles avait pris place une escouade de CRS. Le commissaire Dracheline parlementait avec Alassane, entouré de plusieurs dizaines d'Africains qui étaient accourus à Villeneuve à son appel, comme ne tarda pas à l'apprendre Lapouge. Ils venaient de tous les coins de France, où ils avaient émigré. Les hommes portaient la djellaba, comme Alassane ; les femmes, le boubou. Quelques photographes étaient eux aussi présents, mais se tenaient à l'écart, sur le parking.

– Que se passe-t-il ? demanda Lapouge, inquiet. Ils tentent de faire pression ?

Alassane, averti de la décision du Comité national d'éthique, n'en avait pas saisi grand-chose, si ce n'est que Lapouge avait remporté la partie... Il s'avança au premier rang et interpella le médecin.

– Au moins, permets-nous de préparer les funérailles de ma nièce, déclara-t-il. J'ai réuni mes amis de Biassoumé, de Bona, d'Abengourou. D'autres sont en route.

– Préparer les funérailles ? s'étrangla Lapouge, stupéfait.

– Loene a besoin de sentir la présence des siens près d'elle. Il faut qu'ils la voient pour fixer à jamais ses traits dans leur mémoire ! Ainsi, son esprit vivra parmi nous !

– En... en quoi ça consiste, ces préparatifs ? demanda Lapouge.

– Nous allons l'aider à escalader la montagne où se trouve le royaume des morts ! Nous devons simplement être près d'elle. Regarde, nous avons apporté des roseaux pour préparer sa civière.

Il désigna l'un des hommes, porteur d'une botte de longues tiges souples.

– Mais quand donc allez-vous comprendre ? soupira Lapouge. Et l'enfant, qu'allez-vous faire de l'enfant ? Vous ne pourrez pas l'emporter immédiatement après la naissance, il faut d'abord le...

– L'enfant est mort, comme Loene ! l'interrompit Alassane, sans manifester de colère.

– Vous voulez que je les fasse dégager ? demanda Dracheline, après avoir attiré Lapouge à l'écart.

– Non, surtout pas ! Essayez de les calmer s'ils s'énervent, mais je vous en prie, pas d'esclandre !

Lapouge regagna son bureau où l'attendait Ségurel. L'enfant s'agitait beaucoup, et Loene avait eu une première crise de contractions, sans gravité. Tous deux, ils observèrent par la fenêtre Alassane et les siens, qui s'étaient assis sur les marches ; certains mangeaient en silence ; d'autres chantaient une mélopée lancinante, presque en sourdine.

– C'est insensé…, murmura Lapouge.

– Vous devriez les laisser faire. Ça finira par mal tourner ! soupira Ségurel.

Lapouge le fixa droit dans les yeux, furieux. Bastien haussa les épaules, nullement impressionné.

– Qu'est-ce que ça signifie ? Vous renoncez alors que la victoire est à portée de main ? Vous êtes devenu fou ? J'ai l'aval des plus hautes sommités médicales, c'est une caution suffisante, non ? Vous préférez vous incliner devant ces pauvres types qui agitent leurs grigris ? Si vous voulez abandonner la partie, dites-le tout de suite !

– Il faut au moins trouver un terrain d'entente… Je ne sais pas, moi. Ils ne demandent qu'à la voir. On peut bien leur accorder ça, non ? plaida Ségurel.

Lapouge se laissa fléchir. À la suite d'âpres négociations, on institua un roulement. Par petits groupes, les amis d'Alassane furent autorisés à pénétrer dans le service de gynécologie. Sous la surveillance de Veyrier, ils défilaient dans le couloir et contemplaient fixement le visage de Loene, derrière la vitre de la chambre n° 7.

Écœuré d'avoir à jouer ce rôle odieux, Veyrier faillit bien envoyer promener Dracheline, mais Nadine le persuada de s'acquitter de cette sinistre corvée.

– Au moins, toi, tu les traiteras correctement ! expliqua-t-elle.

Il accepta. Quatre jours durant, l'étrange procession s'égrena ainsi, du parvis jusqu'à la chambre de Loene. Des renforts arrivèrent, si bien qu'Alassane présida bientôt une troupe d'une centaine de membres. Ils avaient installé un campement rudimentaire sur le parking, apporté des braseros, des couvertures, et restaient là, sous la pluie qui s'était mise à tomber. Mme Valempierre leur tint compagnie durant les deux premiers jours, assise sur un pliant au milieu d'eux, mais, à la demande d'Alassane, elle regagna son domicile dès que le temps se gâta. L'attaché de l'ambassade de Côte d'Ivoire s'était installé à Villeneuve. Il quittait son hôtel en fin de matinée et passait l'après-midi avec ses compatriotes, prêt à user de son autorité en cas d'incident.

Chaque fois qu'il passait près d'eux, Ségurel sentait peser sur ses épaules leurs regards lourds de reproches. Il tenta de leur parler, mais comprit bien vite qu'Alassane avait donné des consignes de silence. Aussi se résigna-t-il à effectuer un long détour pour éviter le contact.

SUANT sous son masque, un scalpel à la main, le Pr Lapouge fixait l'écran de l'appareil de monitoring qui lui indiquait l'évolution du rythme cardiaque de Loene. La courbe était régulière. Redoutant une révolte d'Alassane et des siens, Lapouge s'était décidé à passer à l'action un peu plus tôt que prévu.

Ségurel était présent dans le bloc opératoire. Les souvenirs des cours d'obstétrique qu'il avait suivis à la faculté étaient bien lointains, mais il avait évidemment pris soin de les rafraîchir en prévision de ce jour. D'une main tremblante, il régla une dernière fois les doses de drogue que la seringue électrique allait distiller dans les veines de Loene.

– Vous pouvez y aller, murmura-t-il, sans parvenir à réprimer le frisson d'excitation qui l'avait gagné dès que Lapouge lui avait annoncé sa décision de pratiquer la césarienne.

À l'extérieur, Alassane et ses amis comprirent

intuitivement qu'il se passait quelque chose. Dracheline, affolé, craignant un coup de force de leur part, avait fait bloquer toutes les portes de l'hôpital. Veyrier resta dehors, parmi les Africains qui s'étaient regroupés et chantaient, les yeux tournés vers les fenêtres du service de gynécologie.

Lapouge avait chargé une infirmière de filmer l'intervention, se réservant toutefois l'initiative d'interrompre la prise de vues au cas où l'affaire tournerait mal. La caméra était en place, et la jeune femme investie de cette responsabilité achevait les derniers réglages.

Assisté de Ségurel et d'un jeune obstétricien en qui il avait toute confiance, Lapouge incisa l'abdomen de Loene et dégagea le bébé. Puis il sectionna le cordon et pratiqua aussitôt les examens complémentaires, qui ne révélèrent aucune lésion ni malformation, le nouveau-né pesait 2,800 kilos.

Lapouge, fou de joie, appliqua deux gros baisers sur les joues du nourrisson.

– Un petit Lapouge, tout noir, qui l'eût cru ? gloussa-t-il en regardant l'infirmière qui l'installait dans une couveuse.

– Hein ? Un petit Lapouge ? Pardon ? bégaya Ségurel, interloqué.

– J'ai promis de l'adopter, l'auriez-vous oublié ? Puisque les siens n'en veulent pas, il faudra bien que quelqu'un s'en occupe, non ?

Bastien ne put contenir un fou rire nerveux. Lapouge quitta le bloc opératoire et suivit le bébé

dans une chambre du service de pédiatrie, qu'il avait pris soin de faire garder par un collègue de Veyrier.

Ségurel fixait l'écran du Merlin avec anxiété.

Durant les heures qui venaient de s'écouler, le rythme cardiaque de sa patiente s'était accéléré, sa tension artérielle avait oscillé, mais, indéniablement, Loene était toujours vivante, bien que totalement inerte.

Après l'avoir recousue, on lui fit réintégrer sa chambre en service de réanimation, et Ségurel resta à son chevet, désemparé. De toutes ses forces, il avait souhaité qu'elle meure. Il n'en était rien. Peu à peu, les différents paramètres qui s'affichaient sur l'écran de surveillance revinrent à la normale, si tant est que ce terme convînt.

Lapouge pénétra dans la chambre et passa un bras autour des épaules de Bastien.

– Nous avons réussi, mon vieux, vous vous rendez compte ? Venez, il ne nous reste plus qu'à régler le problème de mon « confrère », le sorcier !

Il l'entraîna dans son bureau.

La surveillante du service s'activait autour du télécopieur pour expédier des communiqués aux correspondants que lui avait indiqués Lapouge. Le directeur de l'hôpital les rejoignit, ainsi que le maire. Celui-ci exprima son soulagement de voir l'histoire se terminer enfin ; le spectacle de l'attroupement des Africains sur le territoire de sa commune lui fournissait une publicité dont il se serait bien passé… L'attaché d'ambassade ivoirien fut convié à rejoindre Lapouge, qui attendait également l'arrivée de son gendre, procureur de Villeneuve.

– Nous voici en mesure de satisfaire le désir de M. Bokosola, leur dit le médecin quand ils furent tous réunis. Il doit évidemment signer une autorisation pour qu'on déconnecte l'appareillage d'assistance. Je compte sur vous pour le lui expliquer !

L'officiel ivoirien acquiesça et alla chercher Alassane.

Ils échangèrent quelques mots, seul à seul, puis, sitôt après avoir pénétré dans le bureau, Alassane s'empara du document que lui tendait le procureur et y apposa son paraphe, sans même le lire.

– Maintenant, il faut la délivrer ! Nous sommes prêts à l'emporter ! dit-il d'une voix calme.

Ils se rendirent dans la chambre n° 7. Alassane s'approcha du lit et posa la main sur le front de sa nièce.

– Allez-y, Ségurel ! ordonna Lapouge.

Bastien hésita un instant. Il contempla longuement le visage de la jeune femme, à jamais fermé à toute émotion et figé dans une immobilité que troublaient de temps à autre de légères saccades nerveuses, dues à des impulsions réflexes.

– Eh bien qu'attendez-vous ? s'écria Lapouge. L'anesthésiste, c'est vous !

Bastien prit une profonde inspiration et déconnecta l'appareil. Puis il ôta les cathéters, les tubes de ventilation installés dans les narines, les palpeurs digitaux.

Le visage d'Alassane s'éclaira d'un sourire.

– Tu as lutté, tu es tombée ! murmura-t-il, penché sur Loene, avant de se tourner vers l'attaché d'ambassade, qui lui confirma qu'il avait désormais le droit de récupérer le corps de sa nièce.

Alassane et les siens investirent la chambre.

À l'aide des roseaux qu'ils avaient apportés, ils confectionnèrent une civière rudimentaire sur laquelle ils déposèrent le cadavre. Les femmes restèrent à l'écart, hormis deux d'entre elles, très âgées, qui ne pouvaient craindre de voir le malheur de Loene rejaillir sur elles, puisqu'elles n'étaient plus en mesure de procréer. Elles prélevèrent des morceaux d'ongles, des cheveux, des poils pubiens, ainsi qu'un peu de salive aux commissures des lèvres de Loene, et enveloppèrent ces reliques dans un linge qu'elles placèrent au pied de la civière ; ce rite permettait de préserver l'intégrité du corps, qui allait commencer à se décomposer…

La camionnette d'une société de pompes funèbres, affrétée par l'attaché d'ambassade, attendait au-dehors.

Dirigé par Alassane, le cortège rejoignit le parking. Le corps allait être rapatrié en Côte d'Ivoire, à Biassoumé, où les funérailles pourraient enfin être célébrées.

LE LENDEMAIN, à midi, Lapouge donna une petite réception réservée à ses confrères de l'hôpital et aux membres du personnel qui l'avaient aidé durant les mois qui venaient de s'écouler. Les couloirs du service de gynécologie grouillèrent bientôt d'une foule de blouses blanches surexcitée. Lapouge circulait de groupe en groupe, serrait des mains, tapotait paternellement les fesses des infirmières, croquait un petit four. Les gens présents commentaient la curieuse cérémonie qui s'était déroulée la veille et à l'issue de laquelle Alassane avait disparu. Tous disaient leur satisfaction à l'idée de ne plus assister au spectacle pitoyable que les Africains donnaient à l'entrée de l'hôpital.

Lapouge s'approcha de Ségurel, qui l'observait les bras croisés, les yeux rougis de fatigue à la suite des nuits de veille qu'il s'était infligées depuis quelques jours.

– Je vais tenir une première conférence de presse en fin d'après-midi, dans les salons de l'hôtel de ville, lui dit-il en l'entraînant à l'écart. Il y aura un cocktail offert par le maire. Je compte sur vous. Vous êtes célèbre, désormais, et il faut vous y préparer. Les télés seront là, y compris les chaînes étrangères, la RAI, les Allemands, la BBC, les Espagnols ! CNN n'arrivera que demain, j'ai attendu le dernier moment pour les avertir. Vous verrez, mon vieux, vous vous en souviendrez ! Et ce n'est qu'un début...

Bastien se passa la main sur le visage et se força à sourire. Sitôt après avoir quitté l'hôpital, il rentra chez lui et se jeta sur son lit, sans même prendre une douche. Il dormit quelques heures, d'un sommeil ponctué de cauchemars, et s'éveilla abruti et perclus de douleurs. La tension nerveuse qu'il avait connue durant les semaines précédentes s'était soudain relâchée, le laissant vidé de ses forces. Il fut pris de nausées et vomit à plusieurs reprises. Contemplant son visage dans le miroir de la salle de bains, il vacilla. Le dégoût qu'il s'inspirait à lui-même, le remords qui le tourmentait, l'idée de n'être plus que la créature de Lapouge, son pâle second, engendrèrent une brusque dépression dont il aurait pu froidement analyser les symptômes en d'autres circonstances, mais contre laquelle il ne songea même pas à lutter.

Peu avant 19 heures, le téléphone sonna, à plusieurs reprises. Bastien resta prostré sur son lit, incapable du moindre geste. Lapouge devait commencer à s'inquiéter de son absence à la conférence de presse. Il laissa s'écouler plusieurs minutes, puis se leva pour gagner son bureau. Il écrivit une longue lettre destinée à Nadine, puis cacheta l'enveloppe avant de la fourrer dans la poche de son blouson. Il sortit, enfourcha sa moto sans mettre son casque, roula jusqu'au centre-ville et déposa l'enveloppe à la poste, après quoi il mit les gaz en direction du port. La nuit était tombée.

Le compteur indiquait 130 kilomètres à l'heure quand il s'engagea sur la jetée. La roue avant de la Suzuki écrasa quelques cageots abandonnés, rebondit sur les cordages des bateaux amarrés au môle mais ne dévia pas de sa trajectoire. Le compteur monta à plus de 180 avant que Bastien n'atteigne l'extrémité de la jetée. La marée commençait à descendre. Une balise sifflante était installée à quelques mètres en direction du large, afin de signaler la présence de gros rochers dont les arêtes émergeaient à fleur d'eau, battues par les vagues. Ils ne se trouvaient à découvert que lors des grandes marées d'équinoxe ; tous les marins les connaissaient. Emportée par son élan, la Suzuki s'envola avant de retomber lourdement en plein milieu des récifs, et s'y écrasa. Bastien fut projeté sur le côté par la violence du choc ; son front heurta de plein fouet un des rochers tapissé de coquilles de moules. Le corps, ballotté par les flots, dériva lentement vers le large tandis que la moto finissait de se disloquer.

UNE FOIS DE PLUS, Lapouge fut très brillant face aux journalistes. Il joua la carte de la modestie et remercia l'équipe qui lui avait permis d'accomplir son exploit. Il débita sa tirade avec une afféterie digne d'un lauréat des césars, excusa Ségurel et mit son absence sur le compte de la fatigue, sans oublier de rendre longuement hommage à la qualité de son travail. Il évoqua également le séjour d'Alassane à Villeneuve et appela à ne pas juger sa conduite avec sévérité.

– Certes, dit-il, il a abandonné l'enfant, mais nous devons tenter de nous mettre à sa place. Nos valeurs sont très différentes ! En tant que médecin, je vénère la vie, alors que ces gens acceptent la maladie avec résignation… Ils sont prisonniers de leurs propres croyances. Comment leur en tenir rigueur ?

Un murmure approbateur parcourut l'assemblée. Lapouge annonça enfin que, le lendemain soir, il était invité à participer à une émission spéciale de télévision, puis il porta un toast à la santé de l'enfant.

L'absence de Ségurel l'inquiétait. Au cours des semaines précédentes, il avait décelé les tendances dépressives de son jeune confrère, sans trop s'en alarmer. La tension nerveuse, la pression exercée sur Bastien, sa responsabilité, totalement engagée pour maintenir en vie la future maman, en auraient usé plus d'un, Lapouge le comprenait fort bien.

Pour l'heure, il avait d'autres chats à fouetter et afficha une grande sérénité face à tous les gens qui se pressaient autour de lui pour le féliciter.

À 6 HEURES le lendemain matin, Veyrier fut réveillé par un appel de Dracheline, qui le pria de le rejoindre à la morgue sans tarder. Quand il y arriva, l'inspecteur découvrit Lapouge au côté du commissaire. Il ne tarda pas à réaliser pour quel motif celui-ci s'était permis de le tirer si tôt du lit.

– On l'a retrouvé sur la grève, à quelques centaines de mètres derrière la digue du port ; le courant l'a emporté, annonça Dracheline en tirant la housse de plastique qui recouvrait un cadavre allongé sur une paillasse.

Lapouge s'épongea le front et contempla le visage de Bastien. Les chairs en étaient boursouflées après leur séjour dans l'eau salée. Les orbites, vides et sanguinolentes, fixaient la lueur blafarde des néons qui éclairaient la salle, où flottait une odeur d'antiseptique écœurante.

– Les mouettes l'auraient bouffé tout cru ! précisa Dracheline. Le type qui nous l'a signalé les a chassées ; sinon, elles se préparaient pour le festin.

Nous lui avons recommandé la discrétion, rassurez-vous, il n'ira pas ameuter la presse.

– Il s'agit d'un suicide, évidemment ? demanda Lapouge, avec une pointe d'anxiété dans la voix.

Dracheline haussa les épaules, évasif. Outre l'inspecteur Veyrier, un quatrième personnage assistait à cette séance macabre : le gendre de Lapouge. Sa fonction de procureur justifiait en elle-même sa présence en ces lieux.

– Il vivait seul. Que fait-on en pareil cas ? reprit Lapouge en allumant une cigarette.

– Je vais demander une autopsie. Monsieur le commissaire, vous allez vous rendre à son domicile et chercher les coordonnées de sa famille, ordonna le procureur.

– Je vous accompagne, décréta Lapouge. Monsieur le procureur, si je puis me permettre, eu égard aux circonstances assez particulières que nous connaissons, je me permettrai de formuler une requête…

Il sourit à son gendre, qui acquiesça d'un battement de paupières.

– Rien ne presse, et, pour ne pas semer le trouble, peut-être vaut-il mieux attendre l'arrivée des parents de mon confrère avant de rendre la nouvelle publique ? Qu'en pensez-vous ?

Le procureur approuva.

Vingt minutes plus tard, assistés d'un serrurier requis à la hâte, ils pénétrèrent chez Ségurel après avoir forcé la porte. Le commissaire dénicha facilement un agenda.

Tandis que Dracheline s'occupait de téléphoner, Lapouge, enhardi par la présence de son gendre, feuilleta les dossiers accumulés sur le bureau. Il n'y trouva pas ce qu'il cherchait. Il savait que les laboratoires Praxon s'étaient abstenus de formuler par écrit leur proposition de recrutement de Ségurel, attendant la suite des opérations pour lui donner une conclusion officielle, et n'avait donc rien à redouter de ce point de vue ; il craignait cependant que Bastien n'ait révélé le marché conclu avec les Suisses... Celui-ci avait rédigé un brouillon confus de sa lettre à Nadine avant de la mettre au propre, mais il l'avait froissé et lancé dans la cheminée. Ses cendres, mêlées à celles d'une grosse bûche à demi consumée, reposaient dans l'âtre, éparses. Lapouge s'épongea le front une nouvelle fois. Il errait dans la pièce, en proie à la plus vive inquiétude. Son gendre dut toussoter pour attirer son attention et lui signifier ainsi qu'ils devaient partir.

Veyrier, qui n'avait pas manqué de remarquer à quel point Lapouge semblait angoissé, manipulait un talkie-walkie et engueulait l'inspecteur de garde au commissariat pour lui ordonner d'expédier de toute urgence un planton chez Ségurel afin d'interdire l'accès de la maison à quiconque viendrait à s'en approcher. Lapouge consulta sa montre. Ils éteignirent les lumières, claquèrent la porte et montèrent dans la voiture du commissaire.

A BIASSOUMÉ, le soleil venait tout juste de se coucher. Depuis le retour d'Alassane, le village vivait une grande agitation.

Le conseil des sages s'était réuni et avait longuement discuté de ce qu'il convenait de faire, puisque la cérémonie traditionnelle du mumune ne pouvait avoir lieu dans les conditions dictées par la coutume.

Les femmes enceintes, vêtues d'un pagne blanc, se jetèrent dans la rivière pour se purifier, puis lancèrent chacune une poignée de kaolin sur le cadavre de Loene en lui présentant leurs condoléances. Elles se maquillèrent ensuite de blanc pour bien marquer qu'elles venaient d'échapper elles aussi à un danger de mort. Puis chacune d'elles poursuivit un enfant du village et le captura pour l'emporter dans sa case et lui préparer un repas de fête. Elles célébrèrent de la sorte, par anticipation, l'heureux aboutissement de leur propre grossesse. Elles allaient à la bataille, comme Loene, mais en sortaient symboliquement victorieuses. Le malheur fut ainsi écarté.

Alassane, mortifié, resta seul près de la tombe, pour expier sa faute : en dépit de son savoir de komia, il n'avait pu rapporter le cadavre de l'enfant mort et l'enterrer près de celui de Loene.

LE SOIR MÊME, lors de la séance de maquillage qui précéda l'émission, Chéneaux croisa Lapouge dans les coulisses du plateau de télévision. Une grande effervescence régnait alentour ; les autres invités au débat patientaient en attendant qu'on leur poudre les joues, aussi les deux hommes ne purent-ils échanger que quelques mots.

– Ah ! mon cher, ravi de vous voir ! Vous venez à Canossa ? lança Lapouge, qui n'avait rien perdu de sa superbe.

– Pas exactement, rétorqua Chéneaux, énigmatique. Vous n'allez pas tarder à comprendre…

Lapouge blêmit et agrippa le bras du journaliste, qui s'apprêtait à gagner la place qu'on lui avait assignée.

– Que voulez-vous dire ? Si vous espérez utiliser le suicide de ce pauvre Ségurel pour relancer la polémique…

– Mais je m'en fous ! Comme s'il était question de ça ! trancha Chéneaux, méprisant, avant de s'éloigner.

Lapouge resta seul, circonspect. Il s'était préparé à une question concernant la mort de Bastien, qu'il n'était plus possible ni raisonnable de dissimuler, et se sentait prêt à faire front pour défendre la mémoire de son confrère. Il rejoignit le plateau, inquiet, et se composa un masque impassible. Chéneaux était assis à sa droite. Un technicien s'approcha, leur agrafa un micro cravate et effectua les réglages durant le défilé des publicités qu'ils suivirent sur l'écran de contrôle.

Après une rapide présentation des invités, l'animateur annonça la diffusion d'un court reportage sur les diverses expériences de grossesses « paradoxales » menées en Europe et aux États-Unis ; la conclusion était bien entendu réservée à la patiente de l'hôpital Pasteur de Villeneuve.

La parole fut ensuite donnée à Lapouge, qui présenta un bilan de santé complet du nouveau-né. L'animateur se tourna alors vers Chéneaux.

– Monsieur Chéneaux, lui dit-il, vous avez été le premier à protester contre la décision du Pr Lapouge de maintenir sa patiente en état de vie végétative. Les invités sur ce plateau sont nombreux, mais notre rédaction a jugé bon de vous accorder un temps de parole suffisant pour défendre votre point de vue.

– Je vous en remercie…, murmura Chéneaux.

– L'enfant est né, il se porte bien, reprit l'animateur. Une vie a été sauvée, envers et contre tout. Ne regrettez-vous pas vos prises de position initiales ? En d'autres termes, n'avez-vous pas joué les Cassandre un peu hâtivement ? N'avez-vous pas contesté, en toute bonne foi, la prééminence du praticien, seul à même de décider du maintien en vie ou non des patients qui lui sont confiés ?

Chéneaux se tourna vers Lapouge et lui sourit. Il garda le silence un long moment, au grand dam de l'animateur, qui consultait le chronomètre placé sur la console derrière laquelle il avait pris place.

– Je suis journaliste, dit-il enfin. Journaliste et totalement incompétent en matière de médecine. Je ne prétends pas me poser en censeur, comme vous l'insinuez. Mais, si vous me le permettez, je céderai mon temps de parole à une personne que j'ai pris sur moi de convier à votre émission… une personne qui, elle, est parfaitement en mesure de donner un avis autorisé sur cette affaire.

L'animateur ne dissimula pas son irritation. Lors de l'entretien téléphonique qu'il avait eu avec Chéneaux, il n'avait nullement été question de cet intrus. L'émission se déroulait en direct, et il était impossible de déclencher un esclandre. Il s'inclina.

Chéneaux invita Nadine à le rejoindre sur le plateau. Elle descendit les gradins qui séparaient le public des invités et prit place entre Lapouge et Chéneaux.

– Je m'appelle Nadine Blancard, dit-elle d'une voix émue, et j'étais infirmière au service de réanimation de l'hôpital Pasteur.

– Vous l'êtes toujours, que je sache ! s'écria Lapouge, excédé.

– Le soir du 23 décembre, j'assurais la garde au moment où le Samu a amené la… la future mère, poursuivit Nadine, déterminée à ne pas se laisser déstabiliser par le médecin. L'anesthésiste s'appelait Ségurel, Bastien Ségurel. Il s'est suicidé avant-hier.

– Je proteste ! lança Lapouge. Le suicide de mon confrère n'a strictement rien à voir avec l'affaire qui nous occupe. Il était dépressif depuis plusieurs semaines ! M. Chéneaux, incapable d'apporter le moindre argument pour étayer sa thèse en faveur de l'euthanasie – puisque c'est bien de cela qu'il s'agit –, tente de noyer le poisson ! Je défends ici un point de vue scientifique et je n'admettrai pas qu'on fasse appel à des arguments irrationnels !

– Mais pourquoi vous affoler ? demanda Chéneaux. Puisque vous n'avez rien à vous reprocher, permettez aux téléspectateurs de prendre connaissance de tous les éléments du dossier !

Des applaudissements saluèrent cette remarque. Lapouge comprit que ses adversaires venaient de marquer un point et qu'il risquait gros à persister dans cette attitude. Il eut un geste apaisant pour inviter Nadine à poursuivre.

– J'ai ici une lettre, une lettre que m'a adressée Bastien Ségurel avant de se donner la mort, reprit-elle en brandissant face aux caméras les quelques feuillets que Bastien lui avait adressés.

– Une lettre ? À quel titre vous l'a-t-il fait parvenir ? demanda Lapouge, soudain désemparé.

– Mais... à titre privé, monsieur Lapouge ! M. Ségurel et moi étions très liés.

Lapouge contint sa colère sur un signe de l'animateur qui le suppliait de se taire avec des mimiques affolées.

Nadine lut la confession de Bastien d'une voix tout d'abord forte, puis de plus en plus voilée par l'émotion. La tension était si vive sur le plateau que l'animateur en oublia de consulter son chronomètre.

Les cadreurs montrèrent en gros plan le visage de Nadine, inondé de larmes.

Ségurel ne s'était pas pardonné d'avoir si facilement cédé à Lapouge. Avec le recul, le maintien en vie de la jeune femme qui n'avait aucune chance de sortir un jour du coma lui apparaissait comme une monstruosité. Un paragraphe particulièrement assassin concernait Lapouge et sa mégalomanie criminelle.

Lapouge crispa ses mains sur les accoudoirs de son fauteuil et afficha un sourire méprisant. Nadine marqua un temps d'arrêt, le souffle court et les yeux rougis par les larmes.

– « *Tout cela est cependant anodin* », reprit-elle en citant encore la lettre. « *En effet, les laboratoires Praxon ont déjà conclu un protocole d'accord avec le Pr Lapouge, en vue d'utiliser le corps de sa patiente après la naissance. Leur projet est de l'inséminer par la méthode de la fécondation* in vitro *et de pratiquer un clonage de l'œuf pour obtenir quatre embryons à l'identique, ce qui serait sans nul doute une grande première mondiale. De telles expériences ont été pratiquées sur l'animal, jamais sur l'homme.* »

– Affabulation ! cria Lapouge, ulcéré. Mademoiselle, je vous poursuivrai en justice ! Je vous assure que...

Il s'interrompit, comprenant que les techniciens de la régie avaient coupé son micro et que sa voix n'était plus audible. Il jeta un rapide coup d'œil sur le moniteur de contrôle et s'aperçut que ses gesticulations lui donnaient l'air d'un fou. Conspué par le public, il se calma.

– « *Entendons-nous bien* », dit Nadine, toujours penchée sur la lettre de Bastien. « *Il s'agit de manipuler des embryons, puis des fœtus, sans aucun autre but que l'expérimentation. Lapouge a l'intention d'attendre que la fièvre médiatique soit retombée et de faire transférer sa patiente dans une clinique appartenant au groupe Praxon. Les frères Praxon, Antoine et Alexandre, eux-mêmes jumeaux, sont obsédés par la question de la gemellité et rêvent de disposer de cobayes pour mener à bien leurs recherches. Si Lapouge parvient à ses fins, ils disposeront de quatre jumeaux. Je bute sur les mots. Il faudrait créer un terme spécial, un néologisme, disons des "quadrumeaux". Quatre nouveau-nés dont le patrimoine génétique serait rigoureusement identique et qui permettraient d'étudier* in vivo *la part respective de l'inné et de l'acquis dans leur devenir ultérieur. Qui sait si, ailleurs, d'autres médecins ne se livrent pas à des expériences similaires ? Qui sait si les frères Praxon n'ambitionnent pas de mettre en batterie des utérus ainsi disponibles et de les rentabiliser comme on le ferait avec des souris de laboratoire ? En récompense de ma collaboration, les frères Praxon m'ont proposé une sinécure dans un des départements de leur firme. Par mon inconscience, ma faiblesse, je me suis rendu complice d'une telle folie et j'ai décidé... »* Le reste est personnel. Voilà. Je tiens cette lettre à la disposition de la justice, si vous le souhaitez, professeur !

Les regards convergèrent en direction de Lapouge. Dès le début de la lecture du document, il avait pressenti l'ampleur des dégâts et s'était préparé à faire face.

– Il s'agit bien évidemment d'un « montage », d'une imposture, dit-il avec une grande sérénité. Ce n'est pas la première fois qu'un scientifique fait l'objet d'un complot orchestré par je ne sais quelle secte obscurantiste. Si procès il doit y avoir, j'aurai à mes côtés le corps médical dans son entier.

Chacun des participants au débat était suspendu à ses lèvres. Lapouge, constatant qu'on ne lui couperait plus la parole, poursuivit sa diatribe.

– J'accuse ! tonna-t-il en pointant tour à tour l'animateur, Chéneaux et Nadine. J'accuse les responsables de cette émission de s'être livrés à une opération de désinformation scandaleuse. Mon équipe et moi-même n'avons pas épargné notre peine pour donner la vie à cet enfant, obéissant ainsi au code d'éthique médicale. Le combat a été long, harassant. Mon confrère Ségurel n'avait pas les reins assez solides pour résister à la pression grandissante qui s'est exercée sur lui. Vous venez, avec ce faux, d'insulter sa mémoire. Mesdames et messieurs, les instigateurs de cette pitoyable manœuvre en répondront devant les tribunaux. Je vais me retirer. On m'attend à Villeneuve. Un enfant m'attend. Un enfant que j'ai l'intention d'adopter, puisqu'il a été abandonné par sa famille. Cette jeune femme, Loene, je l'ai secourue, soignée, et la municipalité de Villeneuve m'a appuyé dans cette entreprise. J'ai eu la faiblesse d'être humain. Si tant est que ce mot ait encore un sens…

Il ramassa ses notes, se leva lentement et salua d'un bref hochement de tête l'animateur, dépassé par la situation, ainsi que ses adversaires.

L'ÉMISSION connut un grand retentissement, mais la polémique qui en résulta s'épuisa d'elle-même en quelques jours. Lapouge, en dépit de ses menaces, se garda bien de porter plainte. Nadine n'avait d'autres preuves de ses intentions que la lettre de Ségurel, et, du point de vue de la justice, ce n'était guère suffisant. Alassane avait obtenu satisfaction, et lui seul aurait pu relancer les poursuites.

Nadine démissionna de l'hôpital et attendit que Médecins du Monde donne suite à sa candidature pour un départ prochain. Quand elle passait chez les Veyrier, ils évoquaient avec amertume le sort du bébé de Loene, sur lequel les autorités compétentes n'avaient pas encore tranché, ce bébé qui n'avait pas de nom. Lapouge n'avait pas renoncé à son projet d'adoption. L'enfant était toujours au service de pédiatrie de Pasteur, où il faisait l'objet de toute la sollicitude des puéricultrices…

ALASSANE allait souvent visiter la tombe de Loene. La terre qui la recouvrait se fendillait dangereusement à ses yeux.

De par sa longue expérience de komia, il savait que c'était là un signe funeste. Il avait souvent vu ce phénomène se produire chez des personnes mortes prématurément ; elles quittaient parfois leur sépulture pour tenter de se débattre contre la mort injuste qui les avait frappées. Il y avait une grave menace. En pareil cas, en effet, un autre décès, tout aussi injuste, ne tardait pas à survenir. Loene voulait-elle se venger de ses proches, qui n'avaient pas su l'arracher au disinia Lapouge pour pratiquer le mumune ?

Alassane, accompagné de deux hommes du village, tua donc un mouton et l'enterra près de Loene, espérant ainsi conjurer le malheur.

UNE SEMAINE plus tard, Lapouge, en consultation dans son cabinet, reçut un coup de téléphone du responsable du service de pédiatrie. L'enfant, l'enfant sans nom, venait de succomber du syndrome de la mort subite du nourrisson.

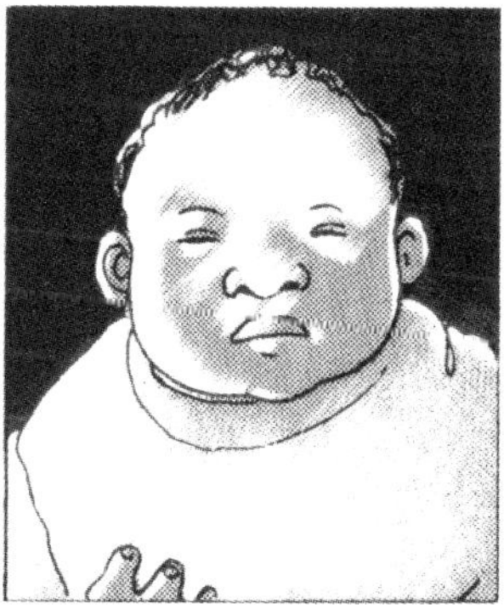

D'un certain usage du corps

POSTFACE DE JACQUES TESTART

L'histoire que nous raconte Thierry Jonquet est bien sûr inventée. Imagine-t-on des médecins en mal de gloire se comporter avec un tel mépris des êtres humains qu'ils les manipuleraient comme un matériau ? Pourtant, cette histoire évoque celle qui s'est déroulée en Allemagne en 1992 et dont la presse nous a, avec raison, copieusement informés. Un avortement spontané, survenu six semaines après la mise en culture du corps maternel, avait alors empêché les médecins bavarois de réussir cet « exploit médical ». Aussi leurs collègues californiens se sont ils taillés un beau succès, au cours de l'été 1993, en annonçant la naissance d'un enfant cent quatre jours après la mort de sa mère. Comme s'il fallait là trouver une démonstration de la virilité scientifique, le biomécanicien d'Oakland déclarait : « Il s'agit d'un beau bébé de sexe mâle parfaitement développé » (*Le Monde,* 6 août 1993)...

Mais, dans ces affaires où une femme morte enceinte est traitée comme un incubateur, nous n'avons jamais pu avoir de certitudes : pouvait-on la dire morte alors qu'elle « fonctionnait » dans son rôle de gestatrice ? Qu'est-ce qui motivait l'équipe médicale ? N'était-il pas trop simple, trop manichéen de ne déceler là que perfidie et calculs égoïstes ?

Je me souviens d'un autre article du *Monde* à propos de l'expérience allemande, où il était écrit : « La femme, décédée le…, est maintenue en vie »… Là est, en effet, toute l'ambiguïté, et il aura fallu des siècles de médecine pour inventer une question qu'on avait crue résolue par le bon sens : « Quand est-on mort ? » Ce bon sens, c'est le sage Alassane qui nous le rappelle quand il refuse de concilier son constat à lui, « Jamais plus Loene ne s'éveillera », avec le constat médical que le corps est encore chaud. De ces deux faits, Alassane conclut que Loene est morte, parce qu'il sait bien que la chaleur du corps est maintenue par les machines tandis que l'esprit l'a quitté. Au contraire, le Pr Lapouge, familier des chairs et des organes dans leurs fonctions, constate que le Meccano reste en place (le cœur bat, le fœtus grandit) et proclame que Loene n'est pas morte.

On pourrait croire ce débat académique, sans portée sur le réel et sans solution définitive. Ce serait ignorer que, sous la pression du besoin d'organes à greffer, une loi de décembre 1988 a rectifié ce qu'on croyait savoir de la mort, en considérant qu'un encéphalogramme plat suffit à faire d'un corps vivant un cadavre : c'est que la putréfaction des chairs est peu compatible avec le succès de leur greffe et qu'il convient de prélever les organes utiles au plus tôt.

Selon cette loi, Loene est bel et bien morte, et alors on peut s'émerveiller de la confirmation par la science d'un savoir ancestral. Mais la situation médicale est ici exceptionnelle : le Pr Lapouge a besoin du corps entier, tandis que les chirurgiens veulent ordinairement en extraire des greffons, et cela explique que le premier juge que Loene est vivante alors que les seconds la diraient morte. La définition « scientifique » de la mort n'est arrivée que pour justifier un certain usage du corps…

À l'autre extrémité du processus vital, la médecine a aussi voulu définir le moment où commence la vie. Bien sûr, cette démarche est dépourvue de sens, car la vie est un *continuum*, un processus-relais qui transite par les gamètes, œufs, fœtus, personnes, transmettant l'élan vital comme par passage du témoin. Mais la médecine est aussi capable de donner des réponses aux questions stupides que nul autre qu'elle-même n'avait posées. En l'occurrence, certains embryologistes considèrent que la vie ne commence que sept jours, ou même plutôt quatorze jours après la fécondation, délai suffisant pour que l'œuf humain devienne un sujet d'expériences. On devient embryon plus tard et cadavre plus tôt, car le prix du progrès se paie déjà sur les rebuts précoces ou tardifs de l'humain.

Le fœtus qui grandit dans le ventre de Loene est médicalement vivant, mais Alassane le prétend « déjà mort », car il est contenu dans le ventre d'une morte. Et le projet d'Alassane est bien d'inhumer ces deux corps séparément, car, dit-il, « nous refusons qu'une personne devienne le cercueil d'une autre ».

Toute la force du récit de Thierry Jonquet vient de cette confrontation entre deux conceptions de la vie, de la mort, des êtres et de leur bien. Alassane Bokossola, de son état komia de Biassoumé, devient ici notre champion dans un combat que nous n'osons déjà plus mener, contre la barbarie des outils de mesure, contre la violence tranquille des démonstrations, contre la volonté simpliste et terroriste de tout maîtriser du destin. Alassane va clamer son indignation tandis que nous la taisons, car sa représentation du monde est assez cohérente pour qu'il ne doute pas d'avoir raison. Nous, ceux du Nord, ceux de la sécurité, de l'opulence et de l'efficacité, sommes presque vaincus à force de compromissions, car on ne peut avoir le beurre et l'argent du beurre. Le progrès a un prix qui n'est évalué que derrière le comptoir, et qu'on n'est en droit de trouver exorbitant que si l'on n'a pas profité des services du magasin. Alassane Bokossola, venu d'un village où les mythes n'ont pas cédé aux logiques d'action et où la consommation se limite aux besoins essentiels, devient ainsi le sage qui défie nos lâchetés quotidiennes.

Quant au projet de Lapouge de poursuivre l'utilisation du cadavre comme incubateur d'une nouvelle gestation, il ne peut recevoir d'autre justification que pseudo-scientifique. Bas les masques de l'humanisme et de la compassion ! Il n'y a plus personne à sauver, mais une expérience à mener dans la plus grande discrétion : faire naître quatre vrais jumeaux qui deviendraient sujets pour l'étude de l'influence respective de l'inné et de l'acquis, du génétique et du milieu. Techniquement, la chose est difficile mais non impossible. Grâce à l'injection d'hormones (gonadotrophines), on doit pouvoir compenser la destruction des centres nerveux (hypothalamus et hypophyse) responsables de la maturation des ovules. C'est bien ainsi qu'on conduit quotidiennement la simulation ovarienne en vue de fécondation *in vitro*, chez des femmes dont on a temporairement aboli ces fonctions cérébrales. Quand bien même les ovaires du cadavre-Loene ne répondraient pas à ces *stimuli*, on pourrait utiliser un ovule « surnuméraire » d'une de ces patientes en fécondation *in vitro* pour mener à bien le projet : le plus difficile à trouver n'est pas l'œuf, mais l'incubateur ! La fécondation ? On la pratiquerait *in vitro*, ou même *in vivo*, en inséminant le cadavre chaud si l'ovule est celui de Loene. Et ce n'est pas la source de spermatozoïdes qui pose problème. Parions que Lapouge serait ici disposé à donner de sa personne, comme ce gynécologue évoqué par Milan Kundera et qui dispensait sa propre semence à toutes les patientes qu'il inséminait. Souci de rigueur, économie de moyens ou démonstration de puissance ? On peut penser Lapouge capable d'exprimer tout cela dans un même élan.

Reste le plus délicat, qui consiste à faire quatre œufs avec un seul. En faire deux est l'enfance de l'art : il suffit de séparer deux amas de deux cellules dans un œuf qui en compte quatre, ou deux amas de quatre cellules dans un œuf qui en compte huit. La nature fait cela assez souvent sans qu'on l'aide, plus souvent dans notre espèce que chez les animaux, où les vrais jumeaux sont rares. Car les huit lapereaux ou les douze ratons qui naissent à chaque portée proviennent d'autant d'œufs qui ne sont que de faux frères. C'est alors qu'un innocent proposerait : « Pour en faire quatre, il suffit de recommencer la même chose ! » Hélas ! le système ne régule pas aussi bien et ça ne marche qu'une fois, comme il a été montré chez l'animal. Pourquoi alors ne pas isoler d'emblée chacune des quatre à huit cellules de l'œuf pour tenter de les transformer en autant d'embryons ? Lapouge pourrait pousser à terme cette expérience de clonage récemment ébauchée par une équipe américaine et qui a provoqué de si belles indignations.

Il est enfin une autre façon de produire plusieurs œufs identiques à partir d'un seul œuf, en greffant chacun des noyaux de ses premières cellules dans autant d'ovules-réceptacles qu'on a auparavant stérilisés. Cette méthode peut être utilisée d'emblée ou à l'issue de la précédente manœuvre de séparation cellulaire. La production de vrais quadruplés bovins est obtenue ainsi, et il est probable que la chose est plus aisée dans notre espèce. L'ultime étape, celle de la grossesse, est la plus simple techniquement, mais aussi la plus difficile à camoufler aux curiosités éthiques. D'où l'intérêt, pour les « pionniers » de la grossesse *post mortem*, de continuer à disposer du cadavre de Loene. Le corps est robuste, jeune et au repos, toutes conditions favorables au bon déroulement d'une grossesse multiple ; car Lapouge n'est pas certain de pouvoir maintenir son incubateur biologique assez longtemps pour y établir plusieurs grossesses successives, en conservant par le froid certains des œufs quadruplés.

Puisque l'imagination est fécondée dans les difficultés imprévues, on peut admettre que celle du Pr Lapouge, soutenue par la générosité annoncée des frères Praxon, serait capable de rebondir après l'enlèvement de l'incubateur-Loene par ce rustre africain. Eurêka ! Comment n'y a-t-il pas pensé plus tôt ? Le monde est plein d'incubatrices potentielles et potentiellement capables de donner leur consentement libre et éclairé… « Combien de femmes stériles et souhaitant un don d'embryon avons-nous en liste d'attente ? » demanderait le docteur à sa secrétaire… Nul ne suggérera plus qu'il exploite un corps, celui d'une femme noire de surplus ; le bon Pr Lapouge va permettre à plusieurs malheureuses d'accéder enfin à la maternité.

Revenons au récit de Thierry Jonquet, car notre propos n'était pas d'utiliser son réalisme mesuré pour construire une fiction…

Que dire de ce Lapouge, en qui on peut reconnaître certains personnages vedettes du monde de la médecine ? Est-il seulement une crapule animée par ses intérêts propres et déguisant son appétit de pouvoir sous une couverture humaniste ? Sans aucun doute, il est cela et s'en tire avec un certain talent, comme lors de cette conférence de presse où il retourne en sa faveur une assistance hostile. De l'ambition, du culot et de l'agressivité, voilà qui permet souvent la réussite, et en tout cas l'impunité, dans ce monde artificiel où un discours irréprochable peut dispenser d'un comportement honnête. Mais, soyons justes, c'est bien de cette veine-là, ambition-culot-agressivité, que sont faits la plupart des héros que nous adorons dans les temples de la modernité, et le bon Pr Lapouge est l'exemple même de ces personnalités « compétitives » dont raffole le système libéral !

Finalement, le récit de Thierry Jonquet nous décrit l'envers du décor que nous méritons. Il y a bien quelques récalcitrants, comme l'infirmière Nadine, ou même le flic Veyrier, mais les autres suivent, achetés, séduits ou passifs. Alassane va rentrer dans son village avec le corps de Loene, car il est venu dans ce but seulement : donner à cette dépouille la sépulture qu'elle mérite, comme toute dépouille humaine. Il laissera ce pays où l'on prétend définir qui commence et qui a fini de vivre, mais où l'on oublie que la mort n'enlève pas au corps son humanité.

Jacques Testart
mars 1994

Glossaire

Ectogenèse : développement de l'embryon et du fœtus en dehors de l'utérus.

Embryon : produit de la fécondation, de celle-ci jusqu'au début du stade fœtal (deux mois).

FIV ou Fivette : fécondation *in vitro*, c'est-à-dire mise en présence en éprouvette des ovocytes prélevés dans les ovaires et des spermatozoïdes contenus dans le sperme.

Fœtus : produit de la fécondation, de la fin du stade embryonnaire jusqu'à l'accouchement.

Parthénogenèse : reproduction sans fécondation, à partir du seul gamète femelle, donc d'un seul patrimoine génétique.

Table

Les Éditions du Seuil remercient la photothèque de l'INSERM pour le prêt de documents qui ont servi à Jacques Tardi pour la mise au point technique de ses illustrations.

Les informations concernant les Agni et leurs coutumes proviennent de l'ouvrage de Jean-Paul Eschlimann, *Les Agni devant la mort,* Paris, Karthala, 1985 (NdA).

DES MÊMES AUTEURS

OUVRAGES DE THIERRY JONQUET

Mygale
Gallimard, « Folio », n° 2684, 1994

Mémoire en cage
Gallimard, « Série noire », 1986

Comédia
Payot, 1988

Les Orpailleurs,
Gallimard, « Série noire », 1993

La Vie de ma mère !
Gallimard, « Série noire », 1994

La Bête et la Belle
Gallimard, « Folio » n° , 1995

Le Secret du rabbin
L'Atalante, 1995

Le pauvre nouveau est arrivé
Librio, 1998

Du passé faisons table rase !
Actes Sud, « Babel », 1998

Moloch
Gallimard, « Série noire », 1998

La Vigie et autres nouvelles
L'Atalante, 1998

Rouge, c'est la vie
Seuil, « Fiction & Cie », 1998

OUVRAGES DE JACQUES TARDI

Adèle et la bête
Les aventures extraordinaires d'Adèle Blanc-Sec, vol. 1
Casterman, 1975

Le Démon de la Tour Eiffel
Les aventures extraordinaires d'Adèle Blanc-Sec, vol. 2
Casterman, 1975

Le Savant fou
Les aventures extraordinaires d'Adèle Blanc-Sec, vol. 3
Casterman, 1977

Momies en folie
Les aventures extraordinaires d'Adèle Blanc-Sec, vol. 4
Casterman, 1978

Ici même
avec Jean-Claude Forest
Casterman, 1979

Adieu Brindavoine
avec Anne Delobel
Casterman, 1979

Le Secret de la salamandre
Les aventures extraordinaires d'Adèle Blanc-Sec, vol. 5
Casterman, 1981

Tueur de cafards
avec Benjamin Legrand
Casterman, 1984

Le Cochon enchanté : conte roumain
Grasset, 1984

Le Noyé à deux têtes
Les aventures extraordinaires d'Adèle Blanc-Sec, vol. 6
Casterman, 1985

Rumeurs sur le Rouergue
avec Pierre Christin
Futuropolis, 1986

Voyage au bout de la nuit
de Louis-Ferdinand Céline
Futuropolis, 1988

Casse-pipe
de Louis-Ferdinand Céline
Futuropolis, 1989

Une Gueule de bois en plomb
de Léo Malet
Casterman, 1990

Mort à Crédit
de Louis-Ferdinand Céline
Futuropolis, 1991

Mine de plomb (2 vol.)
Futuropolis, 1991

Le Sens de la houppelande
avec Daniel Pennac
Futuropolis, 1991

Jeux pour mourir : d'après Geo-Charles Veran
Casterman, 1993

C'était la guerre des tranchées
Casterman, 1993

Tous des monstres
Les aventures extraordinaires d'Adèle Blanc-Sec, vol. 7
Casterman, 1994

Le Fusillé
de Blanche Maupas
Isoète 1994

Le Démon des glaces
Casterman, 1994

Un strapontin pour deux
avec Michel Boujut
Casterman, 1995

Griffu
avec Jean-Patrick Manchette
Casterman, 1996

Sodome et Virginie
avec Daniel Prévost
Denoël, 1996

Casse-pipe à la Nation
de Léo Malet
Casterman, 1996

Brouillard au pont de Tolbiac
de Léo Malet
Casterman, 1997

120, rue de la Gare
de Léo Malet
Casterman, 1997

Le der des ders
de Didier Daeninckx
Casterman, 1997

Le Mystère des profondeurs
Les aventures extraordinaires d'Adèle-Blanc-Sec, vol. 8
Casterman, 1998

OUVRAGES DE JACQUES TESTART

De l'éprouvette au bébé spectacle
Complexe, 1984

L'Œuf transparent
Flammarion, « Champs » n° 157, 1986

Simon l'embaumeur ou la Solitude du magicien
F. Bourin-Julliard, 1987
et « Folio » n° 2014, 1989

Le Désir du gène
F. Bourin-Julliard, 1992
Flammarion, « Champs » n° 282, 1994

Procréation médicalisée
Flammarion, « Dominos », 1993

Des grenouilles et des hommes
en collaboration avec Jean Rostand
Stock, 1995

Pour une éthique planétaire
en collaboration avec Jens Reich
Mille et une nuits, 1997

Eve ou La répétition
Odile Jacob, 1998

BIOGRAPHIES

Thierry Jonquet est né en 1954. Depuis 1981, il a publié une douzaine de romans dont *Moloch* (1998) et *Rouge, c'est la vie* (1998). Il est également scénariste et auteur de textes pour la jeunesse.

Jacques Tardi, auteur de la série des *Aventures d'Adèle Blanc-sec* ; ses illustrations du *Voyage au bout de la nuit*, de Céline, lui ont procuré une notoriété qui dépasse le public des « bédéphiles ».

Jacques Testart, directeur de recherche à l'INSERM (unité génétique et fécondation), a largement contribué à la mise au point des techniques de procréation médicalement assistée. Il mène simultanément une analyse critique sur les enjeux de la procréation médicalisée.